高等职业教育烹饪工艺与营养专业教材

古代诗词歌赋中的美食鉴赏

高敬严　刘大稳　胡建国　主编

中国轻工业出版社

图书在版编目（CIP）数据

古代诗词歌赋中的美食鉴赏 / 高敬严，刘大稳，胡建国主编. -- 北京：中国轻工业出版社，2025.4.
ISBN 978-7-5184-5400-6

Ⅰ. I207.2；TS971.202

中国国家版本馆CIP数据核字第2025C6U608号

责任编辑：秦宏宇　　责任终审：高惠京　　设计制作：锋尚设计
策划编辑：史祖福　　责任校对：朱　慧　朱燕春　　责任监印：张　可

出版发行：中国轻工业出版社（北京鲁谷东街5号，邮编：100040）
印　　刷：三河市万龙印装有限公司
经　　销：各地新华书店
版　　次：2025年4月第1版第1次印刷
开　　本：787×1092　1/16　印张：10
字　　数：220千字
书　　号：ISBN 978-7-5184-5400-6　定价：39.00元
邮购电话：010-85119873
发行电话：010-85119832　010-85119912
网　　址：http://www.chlip.com.cn
Email：club@chlip.com.cn

231721J2X101ZBW

本书编写人员

主　编： 高敬严　刘大稳　胡建国

副主编： 吴成坤　王　妨　栾婷婷
刘晓伟

参　编： 张肖楠　苑运芝　张　照
张军宪　王永鑫　宋歌声
王姣姣　陈伟君　蔡　昱
张　冬　易树敏　范康利
郭　臣　刘海风　冯建忠

前言

中华文化博大精深，在传统文化这条绚烂的历史长河中，古诗词与烹饪饮食文化不失为其中闪亮的星星，同样有着丰厚的历史底蕴。关于美食的古诗词饱含烹饪技法、饮食习俗和原料品名，富有节奏和韵律，而源远流长、博大精深的烹饪饮食文化，在诗人的笔下也展现了其独特的魅力。

《诗经》《楚辞》伊始，历代诸多文人将饮食文化嵌入自己的诗词创作中，这些关于美食的诗词风格独特、构思巧妙，是中国传统文化的杰出代表之一。在学习关于美食的古诗词时，既可以感受到烹饪饮食文化的韵味和文学性，也可以领略到古代社会的风土人情和历史面貌。

诗词与烹饪饮食的交融是两种文化的碰撞，展现出了古人的生活智慧。纵观历代文人的关于烹饪饮食的诗词，其承载的不仅仅是传统烹饪饮食文化理念，还体现了中华民族的独特民俗和饮食追求。

本书由长垣烹饪职业技术学院高敬严、刘大稳，济南大学胡建国担任主编；长垣烹饪职业技术学院吴成坤、王妨、栾婷婷，洛阳职业技术学院刘晓伟担任副主编；长垣烹饪职业技术学院张肖楠、苑运芝、张照、张军宪、王永鑫、宋歌声，长垣市烹饪文化博物馆王姣姣，海南经贸职业技术学院陈伟君，云南三鑫职业技术学院蔡昱，云南省通海县职业高级中学（玉溪烹饪学校）张冬，四川商务职业学院易树敏，滑县职业中等专业学校范康利，开封技师学院郭臣，贵州电子商务职业技术学院刘海风，满天星餐饮管理有限公司董事长冯建忠参编。

本书是河南省高等教育教学改革研究与实践重点项目《传承优秀烹饪文化，培养烹饪工匠的研究与实践》（2021SJGLX711）的阶段性研究成果。

由于编者水平有限，不足之处在所难免，敬请广大读者批评指正。

编者

2024年8月

目录

招魂（节录）

[战国]屈　原

简介

屈原（约前340—前278年），名平，字原，又字灵均，战国时期楚国诗人、政治家，伟大的爱国诗人。他出身于贵族家庭，博闻强识，明于治乱，曾任左徒、三闾大夫。他主张修明法度、举贤任能、富国强兵、联齐制秦，却遭到贵族排挤诽谤，被先后流放到汉北和沅湘流域。后来楚、秦交战，楚军失败，郢都被攻破，他自沉于汨罗江，以身殉楚国。屈原主要作品有《离骚》《九歌》《九章》《天问》等，后人把他和宋玉、景差等人的作品收集到一起，汇成《楚辞》。本篇即其中之一，是屈原为客死在秦国的楚怀王招魂而作，也有人认为是宋玉为屈原招魂而作。赋中大意为东南西北、天上地下都不可留，让死者的灵魂回归楚国，楚国宫廷华丽，景致优美，有美味佳肴、发达文化等，反映了作者的爱国情怀。其中描述的美味佳肴部分，反映出楚国烹饪文化的发达。

室家遂宗①，食多方些②。稻粢穱麦③，挐黄粱些④。大苦醎酸⑤，辛甘行些⑥。肥牛之腱⑦，臑若芳些⑧。和酸若苦⑨，陈吴羹些⑩。胹鳖炮羔⑪，有柘浆些⑫。鹄酸臇凫⑬，煎鸿鸧些⑭。露鸡臛蠵⑮，厉而不爽些⑯。粔籹蜜饵⑰，有餦餭些⑱。瑶浆蜜勺⑲，实羽觞些⑳。挫糟冻饮㉑，酎清凉些㉒。华酌既陈㉓，有琼浆些㉔。归来反故室㉕，敬而无妨些㉖。

注释

① 室家：家人及宗族。遂宗：闾里宗族。

② 多方：各种各样。些：语气词，无义，下同。

③ 粢（zī）：稷，粟米。穱（zhuō）：早熟的麦子。

④ 挐（rú）：杂糅。

⑤ 大苦：特别苦的味道。

⑥ 辛：辣味。甘：甜味。行：味道调和组成。

⑦ 腱：牛蹄筋。

⑧ 臑（ér）：通“胹”，形容熟烂的样子。若：而。

⑨ 和：调和。若：和。

⑩ 吴羹：吴地风味的肉羹。

⑪ 炮羔：烧烤羔羊。

⑫ 柘（zhè）：柘，通“蔗”，甘蔗。

⑬ 鹄酸：鹄即天鹅。用酸的调料熟制鹄肉。臇（juàn）：少汁。凫（fú）：炖野鸭。

⑭ 鸿：大雁。鸧（cāng）：鸟名，似鹤，青苍色或灰色。

⑮ 臛蠵（huò xī）：把大龟做成羹汤。臛：没有菜的肉羹。蠵：大龟。

⑯ 厉：指味道浓烈。爽：败坏、变质或口感差。

⑰ 粔籹（jù nǚ）食品名，搓面成细条，组之成束，扭成环形，再用油炸，今称馓子。饵：糕饼。

⑱ 怅惶：饴糖之类的食品。

⑲ 瑶浆：美酒。蜜勺：甜酒。

⑳ 实：装进。羽觞（shāng）：古代的一种刻有鸟雀羽纹的酒杯。

㉑ 挫：挤压。糟：酒糟，带有渣滓的酒。冻饮：冷饮。

㉒ 酎（zhòu）：经过多次反复酿成的美酒。

㉓ 华酌：华美的酒斗。酌，盛酒的容器，酒斗。

㉔ 琼浆：像红色美玉颜色的酒浆。

㉕ 故室：原来的住处，即旧居。

㉖ 无妨：没有妨碍。

大意

闾里宗族聚集一处，美味佳肴丰盛众多。大米、小米、麦子，再加上黄灿灿的粟米。（菜肴）苦、咸、酸味道纯正，加以甜辣两味调和而成。肥牛的蹄筋，煮熟后香气四溢。调和酸味与苦味，将吴地风味的肉羹，摆在桌上。煮烂的鳖，烧烤的羔羊，一并浇上甘蔗浆。（还有）熟制天鹅和野鸭，以及大雁和鸧鹄。烧鸡与煮龟羹，味道浓烈而不变质。油炸馓子和蜜糕饼，再加上饴糖。用琼浆玉酿蜜制的甜酒，装进刻有羽纹的酒杯里。从酒糟中榨出的酒，经过冰镇，（就是）甘醇清冽的美酒。摆好华丽的酒具，里面盛满晶莹透亮的酒浆。回到旧居，众人毕恭毕敬，毫无违碍。

七发（节录）

[汉]枚　乘

简介

枚乘，字叔，淮阴（今江苏淮安）人，西汉辞赋家。初为吴王刘濞郎中，后改投梁孝王刘武，逝于汉武帝即位以后。他的作品流传至今的有辞赋《七发》《柳赋》、散文《上书谏吴王》等。《七发》是问答体的散赋，在汉赋中自成一体，对后世有一定的影响。《七发》是假设楚太子有疾，吴客探望，用音乐、饮食、车马、游观、田猎、观涛等六事启发太子，这里只节录饮食之事，反映出当时烹饪文化的状况。

客曰①："犓牛之腴②，菜以笋蒲③。肥狗之和④，冒以山肤⑤。楚苗之食⑥，安胡之飰⑦，抟之不解⑧，一啜而散⑨。于是使伊尹煎熬⑩，易牙调和⑪。熊蹯之臑⑫，勺药之酱⑬。薄耆之炙⑭，鲜鲤之鲙⑮，秋黄之苏⑯，白露之茹⑰。兰英之酒⑱，酌以涤口⑲。山梁之餐⑳，豢豹之胎㉑。小飰大歠㉒，如汤沃雪㉓。此亦天下之至美也，太子能强起尝之乎㉔？"太子曰："仆病未能也㉕。"

注释

① 客：吴国客人，作者拟设人物。

② 犓（chú）牛：小牛。腴（yú）：腹下的肥肉。

③ 菜：动词，做菜。笋：竹笋。蒲：蒲菜，多年生植物香蒲的假茎，细嫩可食。

④ 和：羹。

⑤ 冒：通“芼”，以菜调和。山肤：植物名，即石耳菜。

⑥ 楚苗之食：楚地苗山的稻米。

⑦ 安胡：即“雕胡”，就是菰米，可煮食。

⑧ 抟（tuán）：用手团成块，指黏性很强。

⑨ 啜（chuò）：吃，尝。

⑩ 伊尹：商朝大臣，相传伊尹擅长烹调。

⑪ 易牙：春秋时人，善于调味。

⑫ 熊蹯（fán）：熊掌。臑（ér）：通“胹”，成熟。

⑬ 芍药之酱：芍药，草药名，其根主和五脏，又辟毒气，故合之于兰桂以助诸食。这里指五味调和之酱。

⑭ 薄耆（qí）：兽类脊上的肉，切成薄片。炙（zhì）：在火上烤的肉。

⑮ 鲜鲤之鲙（kuài）：新鲜的鱼肉切成薄片。

⑯ 苏：药草名，即紫苏。

⑰ 白露之茹：经过秋露的蔬菜。茹，蔬菜的总称。

⑱ 兰英之酒：用兰花泡的酒。

⑲ 酌：斟酒喝。涤：洗，涮。

⑳ 山梁：《论语·乡党》篇：“山梁雌雉，时哉时哉。”这里的山梁即雌雉的代称。雉，野鸡。

㉑ 豢（huàn）：饲养。

㉒ 小飰大歠（chuò）：少吃饭食，多喝粥羹。歠：饮。

㉓ 沃：浇灌。

㉔ 太子：楚太子。这里也是作者虚拟人物。

㉕ 仆：谦称，我。

大意

客人说：“用小牛腹下肥肉配上竹笋和蒲菜一起做菜，肥狗肉配上石耳菜烹调成肉菜羹。楚地苗山的稻米和菰米煮成的饭，黏在一起不易散开，但吃到嘴里很滑润。这时让善于烹饪的伊尹烹调，让善于调味的易牙调和五味。有煮得熟烂的熊掌，放入芍药酱调和五味，烧烤的野兽脊肉薄片，切成薄片的鲜鲤鱼肉。佐以秋天变黄的紫苏叶和白露以后成熟的蔬菜做成菜肴。用兰花泡的酒，斟上一杯用来漱口。美味的野鸡肉，家养的豹胎佳肴。少吃饭食，多喝粥羹（这样容易吞咽消化），像开水浇到雪上一样容易化解。这也是天下最美好的食物了，太子能勉强坐起来品尝一下吗？”太子说：“我病了，不能吃。”

羽林郎（节录）

[汉]辛延年

简介

辛延年，东汉人，身世不详。本诗描写了一位酒家女子，不畏强权，拒绝豪奴冯子都调戏的故事，揭露了当时皇亲国戚的家奴仗势欺人的社会现实。因为是用乐府旧题咏当时之事，所以被收入《乐府诗集》内。

就我求清酒[①]，
丝绳提玉壶[②]。
就我求珍肴[③]，
金盘脍鲤鱼[④]。

注释

① 就：靠近。清酒：清醇的美酒。
② 玉壶：用玉石制成的酒壶。
③ 珍肴：美味佳肴。
④ 脍：细切的肉。

大意

他到我的店来要清醇的美酒，我就用丝绳提着玉壶给他送上。他到我的店来要珍贵的菜肴，我用金盘盛着细切的鱼肉递给他。

齐都赋（节录）

[汉]徐　干

简介

徐干（170—217年），字伟长，东汉北海郡（今山东寿光域内）人，文学家，“建安七子”之一。他为人聪颖，下笔成章，不慕荣禄，受到曹操、曹丕重视，曾为司空军谋祭酒的属吏。著有《中论》及一些诗赋，曹丕称其“辞义典雅，足传于后”。《齐都赋》久已散佚，清人严可均从古书辑出其佚文，收入《全后汉文》中。节录段描写宴会菜肴的丰盛，其中“兰豕臑羔，炰鳖脍鲤”，与古代烹饪饮食文化有关。

兰豕臑羔①，

炰鳖脍鲤②，

嘉旨杂遝③，

丰实④左右，

前徹后著⑤，

恶可胜数⑥？

注释

① 兰：通“栏”，指圈。豕：猪。臑：煮烂。

② 炰鳖：菜名，烤鳖。脍鲤：菜名，鲤鱼脍。

③ 嘉旨：美酒佳肴。杂遝（tà）：即杂沓，众多纷杂的样子。

④ 丰实：充实。

⑤ 前徹后著：前面的撤下去，后面的又摆上。徹：通“撤”。著：放，摆上。

⑥ 恶：哪里。胜：尽。

大意

煮烂的小猪和羊羔，烤鳖和鲤鱼脍，美酒佳肴琳琅满目，充斥左右，前面的撤下去，后面的又摆上来，哪里可以全部数清呢？

名都篇（节录）

[三国]曹　植

简介

曹植（192—232年），字子建，沛国谯（今安徽亳州）人，出生于东武阳县（今山东莘县；一说生于山东菏泽鄄城）。三国时期文学家，诗人，音乐家。曹植少年早慧，年十余岁，便诵读诗论及辞赋数十万言，能文且援笔立成，深受曹操宠爱。曹植在建安诗坛上取得比较高的成就。他在汉乐府古诗的基础上，对五言诗的发展作出了重要贡献。其现存诗七八十首，是建安诗人中最多的。前期的诗歌以《白马篇》为代表，洋溢着乐观、浪漫的情调，对前途充满了信心。后期因为生活的突变而导致诗风的转变，从以前轻松乐观、浪漫向上的情调改变为忧虑、悲愤、抑郁和痛苦，代表有《赠白马王彪》等。除诗歌创作外，曹植的散文和辞赋写作也取得了很大的成就，著有《与杨德祖书》《与吴季重书》《求自试表》等传世名篇。

这是曹植非常有名的五言诗，出自《曹子建集》。诗写京洛少年斗鸡走马、射猎游戏、饮宴无度的生活，反映了当时纨绔子弟们的一种日常状态。

归来宴平乐[①]，
美酒斗十千[②]。
脍鲤臇胎鰕[③]，
炮鳖炙熊蹯[④]。
鸣俦啸匹侣[⑤]，
列坐竟长筵[⑥]。

注释

① 归来：指打猎游玩回来。平乐：平乐观，汉明帝时建造，在洛阳西门外。

② 斗：酒的容器，此处指每斗。一斗酒价值万钱，极言其宴饮之豪奢。

③ 脍鲤：把鲤鱼肉切细。臇胎鰕：把有子的虾做成肉羹。臇（juàn）：动词，做成肉羹。

④ 炮：裹物而烧。鳖：甲鱼。炙：烧烤。熊蹯（fán）：熊掌。

⑤ 鸣俦啸匹侣：大呼大叫招呼朋友。俦、匹、侣：都是同类、同伴的意思。

⑥ 竟：坐满。长筵：长长的席子，此指长长的席位。

大意

游玩打猎回来，在长乐观举行宴会，美酒每斗价值万钱。摆上切细的生鲤鱼肉片和虾子肉羹，吃着炮制的甲鱼和烤熊掌。呼朋唤友入座，坐满了长长的筵席。

岘潭作

[唐]孟浩然

简介

孟浩然（689—740年），字浩然，号孟山人，襄阳人，唐代诗人。早年以隐居游历求仕，四十岁时参加科举考试，应进士不第，于是隐居吴门山。开元二十五年（737年），张九龄被贬为荆州长史，孟浩然入其幕府，后因病辞去幕职归乡。孟浩然是一位布衣诗人，长期过着隐居生活，创作了大量山水田园诗，与王维共同开创了盛唐山水田园诗派，有《孟浩然集》传世。本篇描写钓得鱼后做鱼脍的兴奋心情，表现出诗人隐居避世的乐趣，诗中涉及了鱼脍、莼羹等美味佳肴，对了解古代烹饪饮食文化有参考价值。

石潭傍隈隩[①]，
沙岸晓夤缘[②]。
试垂竹竿钓，
果得查头鳊[③]。
美人骋金错[④]，
纤手脍红鲜[⑤]。
因谢陆内史[⑥]，
莼羹何足传[⑦]。

注释

① 傍：依傍，挨着。隈隩：山水内曲之处。

② 夤缘：攀缘。

③ 查头鳊：鱼名，又称槎头鳊，味道鲜美。

④ 金错："金错刀"的省称，此刀以黄金涂饰万环，故得名。

⑤ 脍：切细鱼肉。红鲜：指鱼。

⑥ 谢：告诉。陆内史：陆机，西晋文学家，曾任平原内史。

⑦ 莼羹：用莼菜做的羹汤。《世说新语》记载陆机到王武子家中拜访。王武子指着数斛羊酪对陆机说："您的家乡有什么美味能比得上这个？"陆机说："我家乡千里地面长着的莼菜做成羹汤，不加入豆豉足矣。"

大意

石潭依傍在山水内曲之处，（我）早晨端坐在潭岸边，尝试着垂下竹竿钓鱼，果然钓上一条查头鳊。美人拿起金错刀，把鱼做成鱼脍。告诉平原内史陆机，（比起我的鱼脍）你家乡的莼羹哪里还值得夸耀传扬呢！

洛阳女儿行（节录）

[唐]王　维

简介

王维（701—761年），字摩诘，河东蒲州（今山西运城）人，唐朝著名诗人、画家。开元十九年（731年）状元及第，累官至给事中。安禄山攻陷长安，逼迫受伪职。“安史之乱”平定后，王维被责授太子中允，后官至尚书右丞。他的诗以山水田园内容居多，属田园派诗人，有《王右丞集》流传于世。本诗属乐府诗，写贵妇人豪奢而空虚的生活，其中“侍女金盘脍鲤鱼”一句，既有餐具，又有菜肴，对了解古代烹饪饮食文化具有参考价值。

洛阳女儿对门居①，
才可颜容十五余②。
良人玉勒乘骢马③，
侍女金盘脍鲤鱼④。
画阁朱楼尽相望⑤，
红桃绿柳垂檐向⑥。
罗帷送上七香车⑦，
宝扇迎归九华帐⑧。

注释

① 洛阳女儿：取梁武帝萧衍《河中之水歌》中“河中之水向东流，洛阳女儿名莫愁”语。

② 才可：大约刚到。

③ 良人：古代女子对丈夫的尊称。玉勒：用宝玉装饰的马衔。骢马：青白色的马。

④ 脍鲤鱼：切细的鲤鱼肉。

⑤ 画阁朱楼：形容住宅的豪华。

⑥ 垂檐向：向檐下垂着。

⑦ 罗帷：丝织的帘帐。七香车：七种香木做的车。此处指车子的豪华。

⑧ 宝扇：古代贵妇出行时遮蔽之具。九华帐：鲜艳的花罗帐。

大意

洛阳有一位女子住在对门，从容貌上看大约刚过十五岁。她的丈夫骑着用宝玉装饰的青白骏马。丫鬟端着金盘侍奉，盘里面盛着鲤鱼脍。（她家有）彩绘朱漆的楼阁，一幢幢遥遥相望，红桃绿柳向屋檐下垂着。她出门时坐上有丝织帘帐的七香车，回来时仪仗队把她送进鲜艳的花罗帐里。

酬中都小吏携斗酒双鱼于逆旅见赠

[唐]李　白

简介

李白（701—762年），字太白，号青莲居士，祖籍陇西成纪（今甘肃秦安），唐代伟大的诗人。李白为人爽朗大方，乐于交友，爱好饮酒作诗，名列“酒中八仙”。曾经得到唐玄宗李隆基赏识，担任翰林供奉，赐金放还后，游历全国。唐肃宗李亨即位后，卷入永王之乱，流放夜郎，辗转到达当涂县令李阳冰家。上元二年（762年），李白去世。他所作的诗热情奔放，才气纵横，语言生动，是一位浪漫主义诗人，被称为“诗仙”。其诗现存近千首，有《李太白文集》。本诗是一首赠别诗，颂扬了中都小吏的慷慨豪爽与深情厚谊。

鲁酒①若琥珀，汶鱼②紫锦鳞。
山东豪吏③有俊气，手携此物④赠远人。
意气相倾两相顾⑤，斗酒双鱼表情素⑥。
双鳃呀呷鳍鬣张⑦，跋刺⑧银盘欲飞去。
呼儿拂机霜刃⑨挥，红肥花落白雪霏⑩。
为君下箸⑪一餐饱，醉著⑫金鞍上马归。

注释

① 鲁酒：鲁地（今山东）出产的酒。
② 汶鱼：产于汶水的赤鳞鱼。
③ 豪吏：豪爽的官吏。

④ 此物：指酒和鱼。

⑤ 相倾：相投。顾：顾惜。

⑥ 情素：情意。

⑦ 呀呷：吞吐开合的样子，形容鱼的两鳃翕动。鳍鬣（liè）：鱼的背鳍为鳍，胸鳍为鬣。

⑧ 跋刺：拟声词，鱼摆尾跃动时发出的声音。

⑨ 拂机：擦拭几案。霜刃：形容又白又亮的刀。

⑩ 白雪：形容鱼肉白得像雪。

⑪ 下箸：下筷。

⑫ 著：登。

大意

山东出产的酒是琥珀褐色的，汶水出产的鱼，鳞片上有紫色花纹。山东豪爽的小吏英俊出众，亲手携带着酒和鱼赠给来自远方的客人。二人意气相投，两相顾惜，用酒和两条鱼来表达深情厚谊。那鱼的两鳃还在吞吐开合着，背鳍和胸鳍也张开了，在银盘中发出“跋刺跋刺”的声音，想要跳出去。唤儿擦拭几案，挥起白亮的刀把鱼片好，红的如同花落，白的好似雪飞。为了您的深情，我下筷吃完美味佳肴，带着醉意登鞍上马归去。

秋下荆门

[唐]李　白

简介

本诗写于李白第一次出蜀远游时。诗中借景抒情，抒发了作者秋日出游的愉悦心情，也表达了作者意欲饱览祖国山河而不惜远走他乡的豪情。诗中涉及西晋吴人张翰思念家乡美味佳肴“鲈鱼脍”的典故，与古代烹饪饮食文化有关。

霜落荆门江树空①，
布帆无恙挂秋风②。
此行不为鲈鱼脍③，
自爱名山入剡中④。

注释

① 荆门：荆门山，位于今湖北宜都西北、长江南岸。

② 布帆无恙：东晋时期殷仲堪任荆州太守，顾恺之做他的幕僚。顾恺之东归，殷仲堪借给他布帆，途中遇到风浪，顾恺之写信给殷仲堪说：“行人安稳，布帆无恙。”表示旅途平安。

③ 鲈鱼脍：一种美味佳肴，用鲈鱼做的脍。西晋吴人张翰在洛阳做官时，见到秋风吹起，想起了家乡菰菜、鲈鱼脍的美味，于是就辞官回家。

④ 剡中：地名，在今浙江嵊州一带。

大意

荆门山降了秋霜，江树叶子落空，趁着秋风扬起船帆东下。这次出行不是为了鲈鱼鲙这种美味佳肴，只是因为我喜爱名山胜水才去剡中。

南陵别儿童入京

[唐]李　白

简介

天宝元年（742年），李白已四十二岁，此时他得到唐玄宗召他入京的诏书。他异常兴奋，满以为实现政治理想的时候到了，立刻回到南陵家中，与儿女告别，诗中的儿童就是指李白的一对儿女。他写下了这首激情洋溢的七言诗句，字词中毫不掩饰其喜悦之情。诗中涉及烹鸡这道菜肴，对了解古代的烹饪饮食文化有参考价值。

白酒新熟山中归，
黄鸡啄黍秋正肥[①]。
呼童烹鸡酌白酒[②]，
儿女嬉笑牵人衣。
高歌取醉欲自慰，
起舞落日争光辉。
游说万乘苦不早[③]，
著鞭跨马涉远道[④]。
会稽愚妇轻买臣[⑤]，
余亦辞家西入秦[⑥]。
仰天大笑出门去，
我辈岂是蓬蒿人[⑦]！

注释

① 黍：小米，泛指粮食。

② 白酒：古代酒分为清酒、白酒两种，见《礼记·内则》。《太平御览》卷八四四引三国魏鱼豢《魏略》："太祖时禁酒，而人窃饮之。故难言酒，以白酒为贤人，清酒为圣人"。

③ 游说（shuì）：劝说别人接受自己的主张。万乘（shèng）：君主。周朝制度，天子地方千里，车万乘。后来称皇帝为万乘。苦不早：意思是恨不得早点见到皇帝。

④ 涉：跋涉。

⑤ 会稽：西汉的会稽郡。买臣：朱买臣，西汉时的会稽郡太守。"会稽愚妇轻买臣"用的是朱买臣典故，讲的是朱买臣家贫，好读书，但不治产业，后被妻子嫌弃，要求和离。后来朱买臣到会稽郡上任后，看见他的前妻及其丈夫在修路，就停下车，叫后面的车子载上他们，送到太守府，并安置在园中，供给食物。过了一个月，他的前妻上吊而死。

⑥ 秦：指唐朝时的首都长安，春秋战国时为秦地。

⑦ 蓬蒿人：草野之人，也就是没有当官的人。蓬、蒿：都是草本植物，这里借指草野民间。

大意

白酒刚刚酿熟，我从山中归来，黄鸡在秋天里吃小米长得正肥。呼唤童仆烹制黄鸡，再斟上白酒，孩子们嬉笑吵闹牵着我的衣襟。高声唱歌饮酒求醉，想以此来安慰自己，拔剑起舞与落日争辉。恨不得早点见到皇帝，并游说天子，扬鞭跨马跋涉远道。从前会稽郡的愚蠢妇人轻视还未立业的朱买臣，今天我也要离家西去进入长安城去闯荡一番事业。仰头朝天大笑着出门去，我怎么会是个草野之人。

自京赴奉先县咏怀五百字（节录）

[唐]杜 甫

简介

杜甫（712—770年），字子美，自号少陵野老。祖籍襄阳，河南巩县（今河南巩义）人。唐代伟大的现实主义诗人，与李白合称“李杜”。天宝十四年（755年），安禄山在范阳起兵叛乱，消息还没有传到长安。这时，杜甫任右卫率府胄曹参军，从长安到奉先县去探家，路经骊山，唐明皇和杨贵妃正在华清宫过冬，饮酒作乐。杜甫在这首诗里描写了自己的抱负和旅途的见闻，揭露阶级矛盾，对国家前途深抱忧虑。其中也涉及了烹饪饮食文化方面的内容。

况闻内金盘①，
尽在卫霍室②。
中堂舞神仙③，
烟雾散玉质④
煖客貂鼠裘⑤，
悲管逐清瑟⑥。
劝客驼蹄羹⑦，
霜橙压香橘⑧。
朱门酒肉臭⑨，
路有冻死骨⑩！

注释

① 内：指宫内。金盘：指皇帝用的金盘。

② 卫霍：指汉代大将卫青、霍去病，他们都是汉武帝的外戚，此指杨贵妃的从兄、权臣杨国忠。

③ 中堂：指杨氏家族的庭堂。舞神仙：像神仙一样的美女在翩翩起舞。

④ 烟雾：形容美女所穿的如烟如雾的薄薄的纱衣。玉质：指美人的肌肤。

⑤ 煖：同“暖”。

⑥ 管：乐器。瑟：乐器。

⑦ 驼蹄羹：代指珍贵的菜肴。

⑧ 压：堆压，形容很多。

⑨ 朱门：红漆大门，指权贵人家。

⑩ 冻死骨：指受冻挨饿而死的人。

大意

更何况传闻皇宫内御用的金盘，都到了杨国忠家里。像神仙一样的美女在杨家庭堂翩翩起舞，如烟如雾的轻薄纱衣笼罩着她们美丽的肌肤。给客人穿上貂皮制成的衣裘取暖，丝竹合奏成动听的音乐。劝客人品尝着驼蹄羹等名贵佳肴，橙子和橘子等水果堆放在盘中。那朱门里，权贵人家的酒肉飘散出诱人的香气，可是在道路上还有因受冻挨饿而死的人。

槐叶冷淘

[唐]杜　甫

简介

这首诗作的文学体裁是五言排律。槐叶冷淘，是我国唐朝时期就开始食用的一种凉食，最早是宫廷食品，后来逐渐传入民间，并用槐叶与面粉合制，改“槐叶冷淘”为翡翠面，成为当时人们的盛夏消暑美味。诗中描写了槐叶冷淘的制作方法及其鲜美的程度，为后人了解唐代的烹饪饮食文化留下了珍贵的资料。

青青高槐叶，采掇付①中厨；
新面来近市②，汁滓宛相俱③，
入鼎资过熟④，加餐愁欲无⑤。
碧鲜俱照箸⑥，香饭兼苞芦⑦；
经齿冷于雪⑧，劝人投比珠⑨。
愿随金騕褭⑩，走置锦屠苏⑪；
路远思恐泥⑫，兴深终不渝⑬；
献芹则小小⑭，荐藻明区区⑮。
万里露寒殿⑯，开冰清玉壶⑰；
君王纳凉晚⑱，此味亦时须⑲。

注释

① 付：交给。
② 近市：附近的集市。
③ 宛：仿佛。相俱：互相分布在一起，即融合在一起。
④ 鼎：古代的烹饪器具，此指锅。
⑤ 加餐：吃了还想吃。
⑥ 碧鲜：碧绿新鲜。箸：筷子。
⑦ 苞芦：芦笋之嫩者。
⑧ 冷于雪：比雪还凉。
⑨ 比珠：与珍珠相比。
⑩ 騕褭（yǎo niǎo）：古代骏马名。
⑪ 锦屠苏：指御前之帐。
⑫ 泥：阻滞。
⑬ 兴深：兴致很浓。渝：改变。
⑭ 献芹：从前有个人吃芹菜，觉得很好吃，就把芹菜送给别人。后来人们送给别人礼品，自谦礼物微薄称献芹。
⑮ 荐藻：进献祭祀用的菜蔬，此指进献槐叶冷淘面。区区：微小。
⑯ 露寒殿：宫殿名，此指皇帝的宫殿。
⑰ 开冰清玉壶：指用玉壶冰来驱暑。
⑱ 纳凉：乘凉。
⑲ 此味：这种美味。

大意

高大的槐树上长满了青青叶子，采下来一些交给厨房。从附近集市上买来新磨的面粉，把槐叶汁和面粉和在一起（做成面条）；入锅煮熟后，摆上餐桌总是担心不够。碧绿新鲜的冷淘面，与筷子相映照，麦香配上鲜嫩的芦笋，清香可口；入口碰到牙齿会感到比雪还凉，我劝世人快来品尝这道美味。我愿意随着金騕褭，将槐叶冷淘面送到皇宫。但又恐怕路远，会被阻滞于中途。可是这种念头深藏在心里，一直没有改变。微薄之礼，进献给君王表明我的小小心愿。也许君王在万里以外的宫殿中，他手边晶莹的玉壶盛放着清澈的寒冰。皇帝晚上乘凉时，也是很需要这种美味的。

酒泉太守席上醉后作

[唐]岑 参

简介

岑参（715—770年），祖籍南阳棘阳（今河南新野）。岑参出生于官僚家庭，幼年丧父，砥砺苦学，遍读经史。天宝三年（744年），进士及第，授右内率府兵曹参军。后两次从军边塞，先任安西节度使高仙芝幕府僚佐，后在天宝末年赴北庭，充安西、北庭节度使封常清判官，其边塞诗名作大多成于此时。

本作品是岑参创作的组诗作品。这两篇作品记叙的是宴会的场面和醉后的归思。第一首诗前两句点出酒会及其时间地点，后两句写席间胡笳声起，催人泪下，写出了戎旅之间的宴会特色，点染着边地酒会的气氛；第二首诗的前四句写宴席间情景，后两句写醉后梦中归家，描写十分真切。这两首诗描绘出一幅完整的、情景交融的意境，格调慷慨悲凉。这两首诗描写边地宴席场面，通过罗列边地物产以渲染边地情调；同时，把宴会场景的描绘与座上客人的感情交织起来，使诗歌情景交融。这两首诗格调慷慨悲凉，从中可以看到戍边将士日常生活的一个侧面。诗中涉及“浑炙犁牛”“烹野驼”等菜肴，对我们了解唐代时期西北地区的烹饪饮食文化具有参考价值。

其一

酒泉太守能剑舞[①]，

高堂置酒夜击鼓[②]。

胡笳一曲断人肠[③]，

座上相看泪如雨[④]。

其二

琵琶长笛曲相和⑤，

羌儿胡雏齐唱歌⑥。

浑炙犁牛烹野驼⑦，

交河美酒归叵罗⑧。

三更醉后军中寝⑨，

无奈秦山归梦何⑩！

注释

① 酒泉：唐代酒泉郡（今甘肃酒泉）。剑舞：拔剑起舞。

② 夜击鼓：形容酒席场面的盛大。

③ 胡笳：我国古代北方民族的管乐器。

④ 泪如雨：形容歌曲激昂悲壮，引起人们的思乡之情而泪流如雨。

⑤ 琵琶：弦乐器。长笛：管乐器。这两种乐器都是汉族乐器。

⑥ 羌儿胡雏：指当地少数民族歌手。

⑦ 浑炙：整烤。犁牛：杂色牛。浑炙犁牛，是指烤全牛。野驼：即骆驼，用骆驼做烹饪原料，由来已久。

⑧ 交河美酒：西域特产的葡萄美酒。交河，今吐鲁番，盛产葡萄。归：倒入。叵罗：酒器，敞口浅杯，圆形。

⑨ 醉后：确实喝醉了。寝：睡觉。

⑩ 秦山：即终南山，此指故乡之山。

大意

酒泉郡太守能舞剑，夜间在大堂上击鼓摆酒。一曲胡笳使人断肠，座上的人互相看着泪流如雨。

琵琶和长笛合奏，羌人和胡人齐声歌唱。烤全牛、烹骆驼等美味佳肴，交河产的葡萄美酒倒入酒杯里。深夜醉酒后，就睡在军营中，只能在梦中回到故乡秦山。

玉门关盖将军歌（节录）

[唐]岑 参

简介

本诗描写扼守边关将领盖将军“军中无事但欢娱”的情景，赞颂他声威慑人、安边保国的勇武气概。诗中提及“野酡酥”这种美味，也成为了解唐代烹饪饮食文化的参考资料。

将军到来备不虞①，
五千甲兵胆力粗②。
军中无事但欢娱③，
暖屋绣帘红地炉④。
织成壁衣花氍毹⑤，
灯前侍婢泻玉壶⑥。
金铛乱点野酡酥⑦。
紫绂金章左右趋⑧，
问着即是苍头奴⑨。

注释

① 不虞：没有意料到的事情，指边疆战事。
② 甲兵：武装的士兵。胆力粗：胆气壮。
③ 但：只是，只管。
④ 地炉：取暖的用具。

⑤ 壁衣：古代装饰墙壁的帷幕，用织物或布帛做成。氍毹（qú shū）：西域特产的毛织地毯。

⑥ 泻：倾倒。玉壶：精美的酒壶。

⑦ 金铛（chēng）：金属平底锅。野酡（tuó）酥：是一种酪制食品名。

⑧ 紫绂（fú）：系印纽的紫色丝带。金章：铜制的官印。古代大官赐有紫绶金印，这里指盖将军家奴的服饰，用以显示他的显贵。

⑨ 苍头奴：奴仆的别称，即私家的奴仆。

大意

盖将军到来是为了防备不测，五千军卒胆气豪壮，军队没有战事，只管进行娱乐。温暖的屋子里挂上绣帘映照着烧红的地炉，屋内饰有布帛织成的壁衣还有毛织地毯。婢女在灯前倾倒出玉壶中的美酒，金铛中的食物是野酡酥。佩戴紫绂金印的人左右侍候，一问才知道他们原来是盖将军家的奴仆。

新嫁娘词三首（其一）

[唐]王　建

简介

王建（765—830年），唐代诗人。字仲初，许州颍川（今河南许昌）人。大历年间（766—779年）考中进士，做过县丞、太府侍丞等官，曾从军到边塞。其诗以田家、蚕妇、织女、水夫等为题材的作品，反映了社会矛盾和民间疾苦，语言通俗自然。在古代，女子婚后第三天，依习俗要下厨亲手烧菜煮饭，以示孝道。本诗就是描写了一位新嫁娘婚后第三天下厨做“羹汤”的情景，短短一首诗就使一个聪明伶俐、洁净爽利的新嫁娘的形象跃然纸上。

三日入厨下，
洗手作羹汤。
未谙姑食性①，
先遣小姑尝②。

注释

① 谙：熟悉。姑：这里指婆婆。这句诗的意思是还不熟悉婆婆的口味。
② 遣：叫。小姑：丈夫的妹妹，也称小姑子。

大意

新娘子在结婚后第三天就下厨房做饭菜，洗手后烧制菜肴。由于还不熟悉婆婆的口味，就先让小姑子尝一尝。

初南食贻元十八协律（节录）

[唐]韩　愈

简介

韩愈（768—824年），字退之，河南河阳（今河南孟州）人，著名文学家、思想家、哲学家、政治家、教育家。贞元八年（792年）登进士第，曾任监察御史、刑部侍郎、潮州刺史、吏部侍郎等职。韩愈推崇古体散文，其文质朴无华，气势雄健，开古文运动之滥觞，后人尊他为“唐宋八大家”之首，有《韩昌黎集》传世。本诗是他被贬到潮州时，吃到各种潮州菜肴有感而作。这里仅录以蛇做菜部分。

惟蛇旧所识[①]，
实惮口眼狞[②]。
开笼听其去，
郁屈尚不平[③]。
卖尔非我罪[④]，
不屠岂非情[⑤]？
不祈灵珠报[⑥]，
幸无嫌怨并[⑦]。
聊歌以记之[⑧]，
又以告同行[⑨]。

注释

① 旧所识：从前所见过的。

② 惮：指畏，害怕。狞：狰狞，凶恶难看。

③ 郁屈：形容蛇爬行时屈伸的样子。不平：双关语，即指爬行不平直，又指心怀不满。

④ 尔：你。

⑤ 不屠：不杀。情：情谊。

⑥ 祈：祈求。灵珠报：传说隋侯看见一条大蛇受伤，他给蛇敷上药，后来这条大蛇从江中衔来一颗大珠子报答他。诗中用这个典故，是说不求报答。

⑦ 无：通勿，不要。

⑧ 歌：诗歌。

⑨ 同行：指和自己一样到潮州来做官的人。

大意

这些菜肴的食材中，只有蛇是我以前见过的，但我实在害怕它口眼狰狞的模样。打开笼子让它走，它还不肯走，一屈一伸地心怀不满。把你卖掉，并不是我的过错，不杀你不也是一种情谊？不祈求你用灵珠来报答我，希望不要嫌弃和怨恨我。姑且用诗歌把这些事记下来，又可以用来告诉与我同样来这里的人。

放鹧鸪词

[唐]柳宗元

简介

柳宗元（773—819年），字子厚，河东（今山西运城）人，唐代文学家、哲学家、散文家和思想家。贞元九年（793年）进士及第，曾任校书郎、蓝田尉、监察御史、柳州刺史等职。他与韩愈共同倡导唐代古文运动，与韩愈并称为“韩柳”，著有《河东先生集》。本诗是一首托物言志的诗，前一部分描写鹧鸪的处境，而这正好也是诗人自我处境的写照；后一部分以齐王、简子放生的故事，表明自己也有仁慈之心。全诗因笼中待烹鹧鸪起兴，以寄感慨，并以此自伤为万里孤囚，情意凄凉。

楚越有鸟甘且腴[①]，嘲嘲自名为鹧鸪[②]。
徇媒得食不复虑[③]，机械潜发罹罝罦[④]。
羽毛摧折触笼籞[⑤]，烟火煽赫惊庖厨[⑥]。
鼎前芍药调五味[⑦]，膳夫攘腕左右视[⑧]。
齐王不忍觳觫牛[⑨]，简子亦放邯郸鸠[⑩]。
二子得意犹念此[⑪]，况我万里为孤囚[⑫]？
破笼展翅当远去[⑬]，同类相呼莫相顾[⑭]。

注释

① 楚越：泛指南方地区。甘：味美。腴：肥。

② 嘲嘲（zhāo）：鸟鸣声。自名：自呼其名。鹧鸪：鸟名，其背部和腹部黑白两色相杂，头顶棕色，脚黄色。

③ 徇媒：以活鸟为饵，诱捕鹧鸪。媒，指用以诱捕他鸟之活鸟。

④ 罹：遭受。罝（jū）罦（fú）：捕鸟兽的网。

⑤ 笼籞（yù）：鸟笼，竹子做的笼子。

⑥ 煽赫：把火煽旺。惊庖厨：指鹧鸪惊觉自己已身处于庖厨之中。

⑦ 鼎：烹饪器，指锅。芍药：植物名，这里指香料。五味：指醯、酒、饴蜜、姜、盐之类调味品。

⑧ 膳夫：这里指厨师。攘（rǎng）腕：挽起袖子。

⑨ 觳（hú）觫（sù）：恐惧颤抖状，打哆嗦。

⑩ 简子：春秋末期晋国六卿之一，战国七雄之一赵国的奠基人——赵鞅。放邯郸鸠：《列子·说符》中记载，邯郸的民众献给简子一只鸠，简子赏赐了那个献鸠的人，然后在正月初一把鸠放飞了。

⑪ 二子：指齐王、简子。犹念此：还考虑到放生，指有恻隐之心。

⑫ 孤囚：指自己像个孤独的囚犯。

⑬ 破笼：打破笼子。

⑭ 同类：同样处境的鸟。相顾：相互照应。

大意

楚越一带有一种鸟，味道鲜美且丰腴有肉，嘲嘲的叫声像是在自呼其名为鹧鸪。从诱捕鹧鸪的饵料那得到吃的，什么也不考虑，没想到暗藏的机关突发而身触罗网。它的羽毛触到笼子的围栏被折断了，吃惊地发现自己竟置身于烟火蒸腾的厨房中。厨师在锅前正调和着五味和香料，他挽起袖子往左右看着，要杀死鹧鸪。曾经，齐王不忍心看着牛从他面前打哆嗦着经过，赵简子也把邯郸人送来的鸠放飞了。这两个人在得志的时候还存有恻隐之心，更何况我这个被贬到万里之外像孤独囚犯一样的人呢？打破笼子让鹧鸪展翅远飞，让它去呼唤它的同类，不用顾及我了。

大堤曲（节录）

[唐]李　贺

简介

李贺（790—816年），字长吉，河南府福昌县昌谷乡（今属河南宜阳）人，唐朝著名诗人。李贺是中唐到晚唐诗风转变时期的代表者，与李白、李商隐并称为“唐代三李”。他的诗作想象极为丰富，经常用神话传说来托古寓今，所以后人常称他“鬼才”“诗鬼”，称其创作的诗文为“鬼仙之辞”。本诗是写商女留客之事，是一首爱情诗，但诗中涉及珍贵的菜肴“鲤鱼尾”“猩猩唇”等，对后人了解当时的烹饪饮食文化有参考价值。

莲风起①，
江畔春②；
大堤上③，
留北人④。
郎食鲤鱼尾⑤，
妾食猩猩唇⑥。
莫指襄阳道⑦，
绿浦归帆少⑧。
今日菖蒲花⑨，
明朝枫树老⑩。

注释

① 莲风：这里指春风。

② 江畔：江边。

③ 大堤：襄阳（今湖北襄樊）府城外的堤塘，东临汉水。

④ 北人：意欲北归之人，指诗中少女的情人。

⑤ 鲤鱼尾：一种菜肴。

⑥ 猩猩唇：即“猩唇”，一种珍贵的菜肴。《吕氏春秋》中有：“肉之美者，猩猩之唇。”

⑦ 襄阳道：北归水道必经之路。

⑧ 浦：水边或河流入海的地区。绿浦：这里指水上。归帆少：指离开就很少有回来的。

⑨ 菖蒲花：此处喻女子易逝的青春年华，因古人认为菖蒲难得见花。

⑩ 枫树老：比喻老丑之状，意指红颜易老。

大意

春风轻轻吹来，江边一片春光；在襄阳府城外的堤塘上，挽留着北归的情郎。郎君啊，你我同吃着鲤鱼尾和猩猩唇。（不论富贵还是贫穷，我都愿意与你长相厮守。）不要想着从襄阳道离开这里，江面上的行舟多一去不返。珍惜今天这菖蒲花般的青春年华，或许明天就会像枫树那样红颜易老。

杜秋娘诗（节录）

[唐]杜　牧

简介

杜牧（803—853年），字牧之，京兆万年（今陕西西安）人，唐朝文学家。大和年间考中进士，曾任监察御史，黄州、池州、睦州、湖州等地刺史。这首五言古诗作于唐文宗大和七年（833年）春天。当时杜牧正在宣州（今安徽宣城）宣歙观察使沈传师幕中，奉沈之命至扬州聘问淮南节度使牛僧孺，经过镇江，见到年老色衰而孤苦无助的杜秋，倾听其诉说平生，“感其穷且老”，于是写下了这首诗。诗中有“煮豹胎”这种珍稀菜肴，反映出皇家宫廷菜肴的精美珍贵。

莓苔夹城路①，
南苑雁初飞③。
红粉羽林仗③，
独赐辟邪旗④。
归来煮豹胎⑤，
餍饫不能饴⑥。

注释

① 莓苔：青苔。
② 南苑：唐朝长安城东南角有曲江，曲江西南有芙蓉园，称南苑，是皇帝游赏之地。
③ 红粉：指代女子，这里指宫女。羽林仗：羽林军仪仗队。

④ 辟邪旗：绣有辟邪神兽的旗帜。古代仪卫旗仗之一种。

⑤ 煮豹胎：是一种精美珍贵的菜肴。

⑥ 餍饫（yàn yù）：饱食。饴：本义是麦芽糖，这里是指味道甘美。

大意

城墙外道路两侧长满了青苔，南苑的大雁刚刚飞来。宫女们随着羽林军的仪仗队一起出游，杜秋娘被独赐辟邪旗，出游归来后烹煮豹胎，由于吃饱了觉得豹胎也没有那么美味。

初夏即事寄鲁望（节录）

[唐]皮日休

简介

皮日休（约838—约883年），字逸少，因曾居襄阳鹿门山而号鹿门子，复州竟陵（今湖北天门）人，咸通八年（867年）进士，曾任著作局校书郎、太常博士、毗陵副使等职。他的诗文兼有奇、朴二态，且多为同情民间疾苦之作，对社会民生有深刻的洞察和思考。诗中涉及当时的烹饪饮食文化，如藜羹、胡饼、烤全羊等，有参考价值。

粤从三让来[①]，俊造纷然生[②]。
顾予客兹地[③]，薄我皆为伧[④]。
唯有陆夫子[⑤]，尽力提客卿[⑥]。
各负出俗才[⑦]，俱怀超世情[⑧]。
驻我一栈车[⑨]，啜君数藜羹[⑩]。
敲门若我访[⑪]，倒屣欣逢迎[⑫]。
胡饼蒸甚熟[⑬]，貊盘举尤轻[⑭]。
茗脆不禁炙[⑮]，酒肥或难倾[⑯]。
扫除就藤下[⑰]，移榻寻虚明[⑱]。
唯共陆夫子[⑲]，醉与天壤并[⑳]。

注释

① 粤：语助词，通曰。三让：多次推让，吴始祖泰伯，是周古公亶父的长子，古公亶父想把国君的职位传给幼子季历（周文王的父亲），泰伯为了实现父亲的意愿，就逃到了勾吴，成为吴国始祖。诗人用此典故，是指泰伯开辟吴地。

② 俊造：学问造诣很深的人。

③ 顾：但是。客兹地：客居此地，指自己客居吴郡。

④ 薄：鄙视，看不起。伧（chéng）：粗野、鄙陋。魏晋南北朝时吴人以上国自居，鄙视楚人，称楚人为伧。

⑤ 陆夫子：指陆龟蒙。

⑥ 提：抬举。客卿：本是战国时期秦国的官名，即请别国人在本国当卿相，以客礼待之，称客卿。此指外地人在本地做官。皮日休本是楚地之人，当时在吴郡做从事。

⑦ 负：肩负，此指具有。

⑧ 超世：超越世俗。

⑨ 栈车：古代用竹木制成的车，不张皮革，为士所乘。

⑩ 啜：尝，饮。藜羹：用嫩藜草煮成的菜汤，泛指粗劣食物。

⑪ 访：拜访。

⑫ 倒屣（xǐ）：形容客人来到，主人急于出迎，把鞋子穿倒了。

⑬ 胡饼：一种体积相较于其他饼较大且上面撒了芝麻的饼。

⑭ 貊（mò）盘：也作“貊槃”，盛着烤全羊的盘子。貊：古代称居住在东北地区的民族为貊，貊人有烤肉聚餐的方式，称为貊炙，晋朝以来，盛行于中原。

⑮ 茗：茶芽。脆：嫩。

⑯ 酒肥：酒浓。

⑰ 除：台阶。就：来到。

⑱ 虚明：空明，通明透彻，此指天色而言。

⑲ 共：同。

⑳ 天壤：天地之间。并：合在一起。此句形容友情长存。

大意

自从吴泰伯开辟吴地以来，学识造诣很深的人纷纷出现。但是我客居在这里，（他们）都鄙视我为粗野的人。只有陆夫子您，竭力抬举我这个在外地做官的人。我们各自具有出俗的才能，都怀有超越世俗的感情。我在这里以一辆栈车为伴，和您一起喝着藜菜汤。我敲门前去拜访您，您高兴地赶忙出来迎接，连鞋子都穿倒了。（我们交谈甚欢，以至于）芝麻饼蒸得过熟，举着盛着烤全羊的盘子竟觉得很轻。茶芽太嫩禁不住煮，酒浆太浓有时还难倒出。扫净台阶来到藤荫下，移动座椅来寻找清澈透明的天空。只有与陆夫子一起，醉心于天地之间。

五歌·鱼食

[唐]陆龟蒙

简介

陆龟蒙，字鲁望，苏州姑苏（今江苏苏州）人。唐朝诗人、文学家、农学家。陆龟蒙与皮日休为文友，世称“皮陆”。陆龟蒙的诗对宋代诗人所追求的“平淡”美产生过较大的影响。此诗本意是反映作者处在乱世，不受重用，只好过隐居生活的牢骚和不满。诗中涉及吴羹这种菜肴及其用料，对了解当时的烹饪饮食文化很有价值。

江南春旱鱼无泽①，

岁晏未曾腥鼎鬲②。

今朝有客卖鲈鲂③，

手提见我长于尺④。

呼儿舂取红莲米⑤，

轻重相当加十倍⑥。

且作吴羹助早餐⑦，

饱卧晴檐曝寒背⑧。

横戈负羽正纷纷⑨，

只用骁雄不用文⑩。

争如晓夕讴吟样⑪，

好伴沧洲白鸟群⑫。

注释

① 泽：水泽。

② 岁晏：岁末，年终。鬲（lì）：古代炊具，形状像鼎，足部中空。

③ 鲈鲂：鲈鱼和鲂鱼。

④ 长于尺：超过一尺长。

⑤ 舂（chōng）：把粮食放在臼中捣去壳叫舂米。红莲：早稻名。《吴郡志·土物》："红莲稻，自古有之……米粒肥而香。"

⑥ 相当：指重量相等。

⑦ 吴羹：吴郡（今江苏苏州）的一道菜肴。

⑧ 晴檐：阳光照射的屋檐下。曝：晒。

⑨ 横戈负羽：横握兵器身背羽箭，指手持武器战斗。

⑩ 骁雄：勇猛的战士。

⑪ 争如：怎如。讴吟：歌唱吟诵。

⑫ 沧洲：水边之地，指隐居者所住之处。

大意

江南春季发生大旱，鱼塘干涸，到了年底，锅里还不曾有过鱼的滋味。今天早晨有个卖鲈鱼和鲂鱼的人，他手提着超过一尺长的鱼来见我。我呼唤儿子来舂红莲米，增加十倍的力气来舂米。暂且将这些做成吴地风味的羹作早餐，吃饱以后在阳光照射的房檐下晒背。现在战场上全是手持武器战斗的人，只用勇猛的战士，不用文人。这怎么比得上早晚吟诗唱和的生活，（我）更愿与江边的白鸟做伴。

轻肥（节录）

[唐]白居易

简介

白居易（772—846年），字乐天，号香山居士，又号醉吟先生，祖籍太原阳邑（今山西太谷；一说祖籍为同州韩城，今陕西韩城），生于河南新郑，唐代现实主义诗人、唐代“三大诗人”之一。唐贞元十六年（800年），进士及第，曾任翰林学士、司马、刺史等职。其诗歌题材广泛，语言平易通俗，富有人情味，现存有3000首。代表作有《琵琶行》《长恨歌》等。

《轻肥》是组诗《秦中吟十首》的第七首诗。此诗着重批判那些为皇帝宠信的宦官，把宦官的骄奢淫逸和百姓的困难生活作了鲜明的对比，表现了强烈的现实主义精神和为国为民的可贵立场。全诗运用对比的手法，把两种截然相反的社会现象并列在一起，结尾奇峰突起，有一落千丈之势，具有强烈的艺术效果。

夸赴军中宴①，走马去如云②。
樽罍溢九酝③，水陆罗八珍④。
果擘洞庭橘⑤，脍切天池鳞⑥。
食饱心自若⑦，酒酣气益振⑧。
是岁江南旱⑨，衢州人食人⑩！

注释

① 夸：夸耀，此指去参加宴会的宦官在炫耀自己。军：指左右神策

军，保卫皇帝的禁军之一。

② 走马：打马快跑。

③ 樽罍（léi）：盛酒的器皿。九酝：美酒名。

④ 水陆：指水、陆产的各种珍贵食物。八珍：这里泛指美食。

⑤ 擘（bò）：剖，分开。洞庭橘：太湖洞庭山产的橘子。这里泛指珍果。

⑥ 脍（kuài）切：用细切的鱼肉做成的菜肴。天池：帝王园囿中的池塘；一说指大海。鳞：指代鱼。

⑦ 自若：坦然自得。

⑧ 气益振：意气自然更加骄横，不可一世了。

⑨ 是岁：这一年。江南旱：元和三年（808年）冬至元和四年（809年）春，江南发生旱灾。

⑩ 衢州：唐代州名，今属浙江。

大意

宦官夸耀说去军中赴宴，骑马快跑像一阵云烟一样离开了。宴会上酒杯中的九酝美酒都溢出来了，桌上罗列着“水八珍”和“陆八珍”，太湖洞庭山产的橘子已经剥开，大海出产的鱼已经切成细脍。食饱，酒酣，这些人意气自然更加骄横，不可一世了。殊不知，这一年江南发生旱灾，衢州出现了人吃人的惨痛场景。

寒食日过枣团店（节录）

[唐]白居易

简介

本诗写寒食节经过枣团店的情景，这首诗通过细腻的描写，展现了春天的气息和诗人的情感。

寒食枣团店①，
春低杨柳枝。
酒香留客住，
莺语和人诗②。
困立攀花久③，
慵行上马迟④。
若为将此意⑤，
前字与僧期⑥。

注释

① 寒食：寒食节，在清明节前一天或两天。枣团店：卖枣团的店铺。
② 莺语：黄莺的鸣叫声。和：唱和。
③ 困立：因长时间站立而疲倦。
④ 慵：懒。
⑤ 若为将此意：如果想要表达这种心情。
⑥ 前字：预先，提前。僧期：与僧侣约定日期。

大意

寒食节时我路过枣团店，杨柳枝在春光中低垂。酒香吸引客人停留，黄莺的叫声似乎在附和行人的诗句。我因攀折花朵而驻足许久，双腿疲乏，所以懒洋洋地不愿上马离开。若是想表达这种情感，我得提前与交好的僧侣约定日期，登门畅谈。

寄胡饼与杨万州

[唐]白居易

简介

这首诗通过形象鲜明的语言描述了胡麻饼的美味，并表达了诗人想以此馈赠远方友人的情谊。

胡麻饼样学京都[①]，
面脆油香新出炉[②]。
寄与饥馋杨大使[③]，
尝看得似辅兴无[④]。

注释

① 胡麻：芝麻。饼样：胡麻饼的形状。京都：这里指的是唐朝的都城长安，即现在的西安。

② 面脆：饼皮酥脆。油香：形容食物散发出的油脂香味。

③ 杨大使：即杨万州。

④ 得似：能否与之相比。辅兴：辅兴坊，长安城内的店铺名。这个店铺制作的胡饼，在当时最著名。无：在古文中常用于否定句尾，相当于现代汉语的“吗”或“不”。

大意

我现在居住之地所产胡麻饼的样式是从长安学来的，饼皮酥脆，芝麻油香，又是刚刚出炉。寄给饥饿馋嘴的杨大使，尝尝看看这饼能与辅兴坊的相媲美吗？

赠进士张盥

[唐]刘禹锡

简介

刘禹锡（772—842年），字梦得，洛阳（今属河南）人。贞元九年（793年），和柳宗元同榜进士及第。曾任监察御史、屯田员外郎、郎州司马、礼部侍郎、集贤直学士、太子宾客等职。刘禹锡诗才卓越，白居易誉其为“诗豪”。其作内容多反映时事和民生疾苦，诗文继承前人优秀文学遗产，又汲取民间文学精华，形成了自己独特的创作风格。有《刘梦得文集》四十卷，《全唐诗》收编其诗十二卷。

忆尔悬弧日①，
余为座上宾②。
举箸食汤饼③，
祝辞添麒麟④。

注释

① 尔：你。悬弧（hú）日：生日。古代风俗，家中生男孩，在门左悬挂一张弓，所以称生日为悬弧日。

② 余：我。

③ 箸：筷子。汤饼：汤煮的面食，此指庆祝生日时吃的长寿面。

④ 麒麟：麒麟儿，颂幼儿聪颖的美称。

大意

回想起你幼时过生日的那天，我作为宾客到你家赴宴，举起筷子吃汤饼，致辞祝贺你家添了（你这个）麒麟儿。

吴 江

[宋]张　先

简介

张先（990—1078年）字子野，乌程（今浙江湖州）人。宋仁宗天圣八年（1030年）与欧阳修同榜进士，康定元年（1040年）以秘书丞任吴江知县（今江苏吴江），后官至都官郎中。张先的词内容大多反映士大夫的诗酒生活和男女之情，对都市生活也有所反映，语言工巧。词与柳永齐名，擅长小令，亦作慢词。其词含蓄工巧，情韵浓郁，著有《张子野词》。本诗虽是描写吴江的美景，但最令人思念的还是这里产的银鱼和鲈鱼。

春后银鱼霜后鲈①，
远人曾到合思吴②。
欲图江色不上笔③，
静觅鸟声深在芦④。
落日未昏闻市散，
青天都净见山孤。
墙南水涨虹垂影⑤，
清夜澄光照太湖。

注释

① 银鱼：鱼名，体细长，光滑透明，产自太湖，春季捕捞。

② 合：应。
③ 图：画。不上笔：谓难以在画中描绘出来。
④ 觅：寻找，寻求。
⑤ 墙：一作桥。虹垂影：指垂虹桥在水中的倒影。

大意

春尽尝罢鲜美的银鱼，秋霜下了鲈鱼更肥；他乡远客倘曾到过吴江，应更思念此地。真想画下江上的风光，却又难以描绘江色的秀丽。宁静的江上时闻鸟啼声，须悄悄地去芦苇深处寻觅。落日的余晖还留在天际，街市散尽已是一派静谧。万里晴空一色湛蓝，更映现远山的孤寂。桥南的潮水涨了，垂虹桥的倒影随波摇曳。清澄的月光多么明净，照向太湖便分外旖旎。

九日食糕有咏

[宋]宋 祁

简介

宋祁（998—1061年），字子京，又字选郎，祖籍安州安陆（今湖北安陆），后因其高祖父宋绅徙居开封雍丘（今河南民权双塔镇），遂为雍丘人。北宋官员、文学家、史学家、词人、古文家。宋仁宗天圣二年（1024年），中进士，起家复州军事推官，迁大理寺丞、国子监直讲，历任龙图阁学士、史馆修撰、知制诰。与欧阳修等合修《新唐书》，书成后，进工部尚书，拜翰林学士承旨。

《闻见后录》记载，唐朝刘禹锡要作《九日》诗，想用“糕”字，因为“五经”中没有此字，所以诗没有作成。作者认为不然，就写了这首诗，反映了九月九日重阳节吃糕这种食俗。

飙馆轻霜拂曙袍①，

糗餈花饮斗分曹②。

刘郎不敢题糕字③，

虚负诗中一世豪④。

注释

① 飙馆：指山上的亭榭中风很大。古代在九月九日重阳节这天，有登高的习俗。拂：吹拂。曙袍：指早晨穿的袍子。

② 糗餈（qiǔ cí）：一种糕类食物。斗分曹：分批比赛，此指比赛作诗。

③ 刘郎：指刘禹锡。题：题写。

④ 虚负：白白辜负。诗中一世豪：诗坛上一代杰出的诗人。白居易在《刘白唱和集解》中说：“彭城刘梦得（刘禹锡字梦得），诗豪者也。”

大意

天降轻霜，亭榭中的风吹拂（人们）早晨的衣袍，人们吃着糗餈，饮着酒，分批比赛作诗。曾经，刘禹锡因为“五经”中没有“糕”字，《九日》诗没有写成，白白辜负了一代诗豪的美名。

过土山寨

[宋]黄庭坚

简介

黄庭坚（1045—1105年），字鲁直，自号山谷道人，晚号涪翁，又称黄豫章，以谪仙自称，世称金华仙伯，洪州分宁（今江西修水）人。“江西诗派”的开山之祖，北宋诗人、词人、书法家。治平四年（1067年）进士，曾任叶县尉、著作佐郎、起居舍人，涪州别驾等职。他与张耒、晁补之、秦观游于苏轼门下，时人称之为“苏门四学士”。著作有《豫章黄先生文集》《山谷琴趣外篇》(《山谷词》)。

这首诗以简洁的语言描述了旅行者的经历和感受，通过对自然景物、食物和装饰的描写，表现了旅行者坚韧不拔的精神和对自然的热爱。

南风日日纵篙撑①，

时喜北风将我行②，

汤饼一杯银线乱③，

蒌蒿数箸玉簪横④。

注释

① 篙撑：撑船的竿子。

② 将：携带。

③ 汤饼：汤煮面食的通称，此指素面，即今天的挂面。

④ 蒌蒿：一种野菜。

大意

每天在南风里撑着船前行，这时令人高兴的是北风吹动着船只带着我走。一碗面像银线一样纷乱，几箸蒌蒿茎像玉簪一样横在碗上。

落齿戏作（节录）

[宋]楼　钥

简介

楼钥（1137—1213年），字大防，旧字启伯，号攻媿主人，明州鄞县（今浙江宁波）人，楼璩第三子。南宋大臣、文学家、政治家、理学家。隆兴元年（1163年）中进士，曾任宗正丞、知温州、起居郎兼中书舍人、给事中、翰林学士、同知枢密院、参知政事等职，为官公正，直言敢谏。今存著述《书乐正误》《宋汪文定公行实》《范文正公年谱》等。

零落残牙齿①，年来落欲空②。

得鱼惟食冻③，舍肉只餐葱④。

休忆红绫餤⑤，难吞栗棘蓬⑥。

何须如剑树，始解振宗风。

注释

① 零落：凋谢，在此形容牙齿脱落的样子。残：残余，剩下的。

② 年来：一年以来，此指最近以来。

③ 冻：指鱼冻，凉菜名。

④ 舍：舍弃，此指不食。

⑤ 餤（dàn）：饼。红绫餤：一种精美的糕饼。唐昭宗年间，录取二十八名进士，会燕曲江，命御厨特制二十八个糕饼，外裹红绫，赐给进士吃。

⑥ 栗：栗子。棘：酸枣。蓬：指野菜。

大意

残余的几颗牙齿零零落落的，最近要掉光了。得到鱼只能吃鱼冻，不能吃肉只能吃葱花。更不要说从前吃过的红绫糕饼了，连栗子、酸枣和野菜（我）也都难以吞咽。何必在意牙齿是否如刀剑一般坚韧刚硬，我（在牙齿掉光的情况下）或许只能自我开解，重振精神了。

江上渔者

[宋]范仲淹

简介

范仲淹（989—1052年），字希文，祖籍邠州（今陕西彬州），后移居苏州吴县（今江苏苏州）。北宋政治家、文学家。进士出身，曾在陕西守卫边塞，西夏不敢来犯，说他“胸中自有数万甲兵”。政治上，他主张革新，但因受守旧派的阻挠，未能实现。他被罢去官职后，出任陕西四路宣抚使。后在赴颍州途中病死。范仲淹工于诗词散文，所作文章富于政治内容，风格较为明健。其诗大都描写边地风光和征战劳苦，为世传诵，有《范文正公集》。本诗反映作者关心人民疾苦的思想感情，也涉及了鲈鱼这种美味。

江上往来人①，
但爱鲈鱼美②。
君看一叶舟③，
出没风波里④。

注释

① 往来人：来来往往的人。这里指有钱人。
② 鲈鱼：一种口大鳞细，体形较扁，但味道鲜美的鱼。
③ 君：你。一叶舟：像漂浮在水上的一片树叶似的小船。
④ 出没：若隐若现。

大意

在江上来来往往的人们，只知道鲈鱼的味道鲜美。你看那捕鱼的人驾着像树叶一样的小舟，在风浪中若隐若现。

范饶州坐中客语食河豚鱼（节录）

[宋]梅尧臣

简介

梅尧臣（1002—1060年），字圣俞，世称宛陵先生，宣州宣城（今安徽宣城）人，祖籍吴兴（今浙江湖州）。梅尧臣自幼便跟随叔父梅询宦学于各地。天圣六年（1028年），以叔父梅询荫补太庙斋郎，历任河南、河阳主簿，德光、建德、襄城县令，监湖州盐税。庆历八年（1048年）为国子博士。皇祐三年（1051年）始得宋仁宗召试，赐同进士出身，为太常博士。梅尧臣是宋代重要的诗人，他的诗歌与欧阳修的古文、蔡襄的书法代表了庆历、嘉祐年间文学艺术的最高成就，是嘉祐文明在文艺上的集中体现。他与苏舜钦齐名，时号“苏梅”，又与欧阳修并称“欧梅”。其诗风格“闲肆平淡，涵演深远”，具有很高的艺术性和思想性，有“宋诗开山祖师”之称，对宋代诗风转变影响很大。

这首诗通过叙述河豚虽美味但是是有毒的，不值得为尝其美味而送命，讽刺人世间为了名利而不顾生命与气节的人。诗中描述了河豚上市的季节、品质等特点。

春洲生荻芽[①]，春岸飞杨花[②]。
河豚当是时，贵不数鱼虾[③]。
其状已可怪，其毒亦莫加[④]。
忿腹若封豕[⑤]，怒目犹吴蛙[⑥]。
庖煎苟失所[⑦]，入喉为莫邪。
若此丧身躯，何须资齿牙[⑧]！

注释

① 春洲：初春的沙洲。荻（dí）芽：荻草的嫩芽，又名荻笋，南方人常用荻芽与河豚同煮做羹。

② 杨花：即杨絮、柳絮。

③ 不数：即位居其上。

④ 莫加：不如，比不上。

⑤ 封豕（shǐ）：大猪。

⑥ 怒目：瞪着眼睛。吴蛙：吴地的青蛙。

⑦ 庖煎苟失所：如果烹调不得法。

⑧ 资齿牙：犒赏牙齿，这里指吃。

大意

初春的沙洲上长出了荻芽，河岸边飞舞着柳絮。河豚正在这时候上市，价格昂贵，超过了所有的鱼虾。河豚的样子已足以让人觉得奇怪，毒性也没什么食物能比得上它。鼓动着腹部像一头大猪，突出的双眼，又如同吴地鼓腹的青蛙。如果烹调不得法，吃下去就会毒性发作，就像被利剑击中那么危险。像这样给人的生命带来伤害，人们又为何要（贪图一时口腹之欲）去吃它呢?

和答韩子华饷子鱼

[宋]梅尧臣

简介

这是宋代诗人梅尧臣创作的一首七言古诗，描写了南方的海产鱼类，其中有一种子鱼因其珍美被特别提及。整首诗以赞美这种子鱼为主题，揭示了其珍贵与独特之处。

南方海物难具名①，
子鱼珍美无与并②。
完鳞全乙异臭腥③，
素盐渍曝生花轻④。
其头戢戢�筵盈⑤，
出自通印时所评⑥。
远涉川陆来都城⑦，
亲宾交遗已见情⑧。
食指尝动吾窃惊⑨，
果获异味亦足明⑩。

注释

① 具名：备列其名。
② 子鱼：鱼名，鲻鱼的别名。无与并：没有可与它并列的。
③ 完鳞：全鳞，指完整的鱼。

④ 素盐：白盐。渍：浸、泡。

⑤ 戢戢：聚集的样子。筠篚：箬竹筐。

⑥ 通印：指通应江。

⑦ 川陆：水陆。

⑧ 亲宾交遗：亲友互相馈赠。

⑨ 尝动：不自觉地动一下。古代人们相信食指跳动是一种预兆，意味着自己将吃到美味的食物。

⑩ 异味：不同寻常的美味。

大意

南方的海产很多，难以一一说出名字。通印子鱼珍贵味美，没有可以与它相比的。鱼鳞完整光滑，完全没有腥臭味，用盐腌过，晒干以后生出薄薄的盐花。鱼头饱满圆润，放入箬竹筐中，满满一筐，这是来自通应江的馈赠，得到了时人很高的评价。这些鱼从远方经过江河陆地来到都城作为亲友之间的馈赠品。我曾暗自惊讶自己的食指常常跳动（暗示有口福），如今果然获得这独特的美味，也足以证明我的口福不浅了。

和韩子华寄东华市玉版鲊

[宋]梅尧臣

简介

这是宋代诗人梅尧臣创作的一首五言律诗。诗人描写了客人从都城带来的珍贵美味东华鲊，同时赞美其色香味俱佳。

客从都下来①，
远移东华鲊②。
荷香开新包③，
玉脔识旧把④。
色洁已可珍⑤，
味佳宁独舍⑥？
莫问鱼与龙⑦，
予非博物者⑧。

注释

① 都：都城，指北宋都城东京（今河南开封）。
② 移：运。东华：市场名。鲊（zhǎ）：腌制的鱼，此指玉版鲊。
③ 包：包装。
④ 玉脔：洁白的肉块。
⑤ 珍：珍贵，珍视。
⑥ 味佳：味道鲜美。宁独：难道

⑦ 莫：不要。

⑧ 博物者：博学的人。

大意

客人从都城而来，奔波远道带来了东华鲊。用荷叶包裹，香气扑鼻，打开一看，洁白的肉块映入眼帘，一眼就认出那是我曾经吃过的玉版鲊。它那洁净的色泽已足以让人珍视，哪里还能舍弃它那鲜美味道。不要问我它是鱼肉还是龙肉，我毕竟也不是个博学之人。

初食车螯

[宋]欧阳修

简介

欧阳修（1007—1072年），字永叔，号醉翁，晚号六一居士，江南西路吉州庐陵永丰（今江西省吉安市永丰县）人。北宋政治家、文学家、史学家。天圣八年（1030年）进士及第，景祐元年（1034年）任馆阁校勘，知谏院、知制诰、翰林学士、枢密副使、参知政事等职。欧阳修是北宋诗文革新运动的领袖，以文章负一代盛名，名列“唐宋八大家”和“千古文章四大家”中。其文纡徐委曲，明白易晓，擅长抒情，说理畅达，影响了宋朝一代的文风。诗风雄健清丽，词风婉约有致。曾主修《新唐书》，并独撰《新五代史》。今有诗词文集《欧阳文忠公集》《六一词》等传世。

本诗主旨为歌颂宋朝统一中原以后，东西南北的烹饪文化得以交流。其中提到沿海地区的蛤蟹鱼虾等美味佳肴，对了解宋代烹饪文化有参考价值。

累累盘中蛤[①]，来自海之涯[②]。
坐客初未识，食之先叹嗟[③]。
五代昔乖隔[④]，九州如剖瓜[⑤]；
东南限淮海[⑥]，邈不通夷华[⑦]；
于时北州人[⑧]，饮食陋莫加[⑨]；
鸡豚为异味[⑩]，贵贱无等差[⑪]。
自从圣人出[⑫]，天下为一家[⑬]。

南产错交广[14]，西珍富邛巴[15]；

水载每连舳[16]，陆输动盈车[17]；

溪潜细毛发[18]，海怪雄须牙[19]；

岂惟贵公侯[20]，闾苍饱鱼虾[21]。

此蛤今始至，其来何晚邪？

螯蛾闻二名[22]，久见南人夸。

璀璨壳如玉[23]，斑兰点生花[24]。

含浆不肯吐，得火遽已呀[25]。

共食惟恐后，争先屡成哗[26]；

但喜美无厌[27]，岂思来甚遐[28]；

多惭海上翁，辛苦斫泥沙[29]。

注释

① 累累：指堆积很多。蛤：即蛤蜊，一种有壳的软体动物。

② 海之涯：海边上。

③ 叹嗟：感叹惊讶。

④ 五代：指五代十国时期。乖隔：阻隔。

⑤ 九州：泛指天下。剖瓜：瓜分。

⑥ 限：界限。淮海：指淮河流域、江苏以南地区，在五代十国时的南唐、吴越、荆南等国占据着东南地区，而后梁、后唐、后晋、后汉、后周，只占有中原地区。

⑦ 不通夷华：中原地区与东南地区阻隔不通。夷：古代称东方少数民族为“夷”，此指东南地区。

⑧ 于时：在当时。北州：北方，指中原地区。

⑨ 陋莫加：简陋得无以复加。

⑩ 豚：猪，此指用猪肉制作的菜肴。异味：美味。

⑪ 等差：等级差别。

⑫ 圣人：此指宋太祖赵匡胤。

⑬ 天下为一家；天下统一。
⑭ 错：海错。交广：交州、广州。
⑮ 邛巴：邛州、巴州。
⑯ 连舳：船只接连不断。
⑰ 盈车：满车。
⑱ 溪潜：小溪中的鱼类，此指河中的水产品。
⑲ 海怪：指少见的海产品。雄须牙：须牙很大。
⑳ 贵公侯：地位高贵的公侯。
㉑ 闾苍：指民间百姓。
㉒ 螯：螃蟹的两只前足，此代指螃蟹。
㉓ 璀璨：本指玉石发出的光，此指色彩鲜明。
㉔ 斑兰：即斑斓，色彩交错，鲜明灿烂。
㉕ 遽：突然，很快。呀：张口的样子。
㉖ 哗：喧哗。
㉗ 无厌：不够。厌：同餍，饱。
㉘ 遐：远。
㉙ 斫：砍，此指挖。

大意

盘中堆累的蛤蜊，是从海边上运来的。坐在桌上的客人起初不认识这种海味，吃的时候先惊讶感叹。从五代十国时期中原就与周围地区隔绝，天下被瓜分。东南地区以淮海为界限，中原与东南阻隔不通；当时在中原地区的人，饮食再简陋不过了；鸡肉、猪肉算是美味，富贵与低贱人家的菜肴没有差别。自从圣人太祖皇帝统一天下，交州、广州出产的海错，邛州、巴州出产的山珍，水路运载的船只经常接连不断，陆路运输经常装满车辆；河中的水产品须发细小，稀见的海产品须牙很大。岂止有钱有势的人家，就连民间百姓也饱食鱼虾。这种蛤蜊现在才运到，它来得多么晚啊！蟹、蛾这两种海味，早就听到南方人夸奖了。它的外壳像美玉一样色彩鲜明，花纹生得斑斓可爱；含着浆液不肯吐出，经火煮以后突然张开口，主客共同吃这种海物，争先恐后，大声喧哗。他们只知道味美而贪欢，哪里想到这海物可是从远处运来。(应当)对海上渔翁感到惭愧，这是他们辛辛苦苦刨泥沙取来的啊！

惠崇春江晚景[1]

[宋]苏　轼

简介

苏轼（1037—1101年），字子瞻、和仲，号铁冠道人、东坡居士，世称苏东坡、苏仙，祖籍河北栾城，眉州眉山（今四川眉山）人。北宋著名文学家、书法家、画家。这是苏轼为惠崇的《春江晚景》所创作的组诗，分为两首。这里选了第一首，诗题“鸭戏图”，再现了原画中的江南仲春景色，又融入诗人合理的想象，与原画相得益彰。

竹外桃花三两枝，
春江水暖鸭先知。
蒌蒿满地芦芽短[2]，
正是河豚欲上时[3]。

注释

① 惠崇：福建建阳僧人，宋初“九僧”之一，能诗能画。《春江晚景》是惠崇所作画名，共两幅，一幅是鸭戏图，一幅是飞雁图。

② 蒌蒿：草名，有青蒿、白蒿等种。《诗经》中有“呦呦鹿鸣，食野之蒿。”芦芽：芦苇的幼芽，可食用。

③ 河豚：鱼的一种，学名“鲀”，肉味鲜美，但是其卵巢和肝脏有剧毒。产于我国沿海和一些内河。每年春天逆江而上，在淡水中产卵。上：指逆江而上。

大意

竹林外两三枝桃花刚刚绽放，鸭子在水中游戏，它们最先察觉了初春的江水已经回暖。河滩上已经是满地蒌蒿，芦苇也开始抽芽，而河豚此时正要逆流而上，从大海洄游到江河里来了。

食过鲥鱼后赋诗

[宋]苏　轼

简介

本诗描写炙鲥鱼的用料及其鲜美的味道。

芽姜紫醋炙银鱼①，
雪碗擎来二尺余②。
尚有桃花春气在③，
此中风味胜莼鲈④。

注释

① 芽姜：嫩姜。炙：烤。
② 擎：往上托，举。二尺余：指鲥鱼有二尺多长。
③ 尚有：还有。
④ 莼鲈：莼菜羹、鲈鱼脍。

大意

用嫩姜浓醋烤鲥鱼，装在白碗里举起来有二尺多长。（碗中之物）还存留春天桃花的芬芳，这当中的风味胜过莼菜羹和鲈鱼脍。

次韵孔毅甫集古人句见赠五首（其二）

[宋]苏　轼

简介

集句，是集古人的句子成为一首诗，苏轼不赞成这种作诗方法，认为这好比把各种美味佳肴放在一起烹煮一样，失去了原有的韵味。本诗中并非写菜肴，而是用做菜比喻作诗。尽管如此，还是涉及驼峰、五侯鲭、猩唇、熊白等名贵菜肴，与古代烹饪饮食文化有关。

紫驼之峰人莫识①，
杂以鸡豚真可惜②，
今君坐致五侯鲭③，
尽是猩唇与熊白④。
路旁拾得半段枪⑤，
何必开炉铸矛戟⑥？
用之如何在我耳⑦，
入手当令君丧魄⑧。

注释

① 紫驼之峰：即驼峰，古人把它当作珍贵的食品，这里用来比喻古人的美妙句子。
② 鸡豚：鸡肉和猪肉，用来比喻古人的一般句子。
③ 五侯鲭：五侯鲭起源于汉代，是西汉时期的一道名肴。这道菜是由

京兆尹娄护整合王氏五侯（平阿侯王谭、成都侯王商、红阳侯王立、曲阳侯王根、高平侯王逢时）家的珍膳烹饪而成。本句用这个典故，比喻集古人而成的诗。

④ 猩唇：古代八珍之一，这里用来比喻古人的妙句。熊白：熊背上的白脂，珍贵的美味，这里用来比喻古人的妙句。

⑤ 半段枪：半截枪，用来比喻古人的残句。

⑥ 铸：铸造，比喻改制。

⑦ 耳：语气词，罢了。

⑧ 令：使。

大意

驼峰这种美味没人不认识，掺到鸡肉猪肉当中真是可惜。现在您轻易地做成五侯鲭这种菜肴，里面全都是猩唇和熊白之类的美味。在路边捡来半截枪，何必开炉重新改铸成矛和戟呢？如何利用这些，完全在于我，它们到了我的手上就成为能使你丧魂落魄的武器。

食　雉

[宋]苏　轼

简介

雉，即野鸡。把野鸡与家养的鸡鸭放在一起烹或煎，成为一种美味佳肴。

雄雉曳修尾①，惊飞向日斜。
空中纷格斗②，彩羽落如花。
喧呼勇不顾③，投网复谁嗟④。
百钱得一双⑤，新味时所佳⑥。
烹煎杂鸡鹜⑦，爪距漫槎牙⑧。
谁知化为蜃⑨，海上落飞鸦⑩？

注释

① 雄雉：雄性野鸡。修尾：长尾。
② 格斗：搏斗。
③ 喧呼：喧闹叫喊，此指野鸡争斗时的叫声。
④ 嗟：嗟叹。
⑤ 一双：两只。
⑥ 佳：美好。
⑦ 鹜：鸭子。
⑧ 爪距：此指野鸡、鸡、鸭的脚爪。槎牙：错乱纷杂的样子。

⑨ 蜃（shèn）：大蛤蜊。《国语》：“雀入于海为蛤，雉入淮为蜃。”诗中用这一典故，是指把吃剩下的爪距扔到水里。

⑩ 鸦：乌鸦。

大意

雄性野鸡拖着长尾巴，被惊起后朝着偏斜的太阳方向飞去。在空中互相搏斗着，彩色的羽毛像落花一样撒下来。横冲直撞，喧闹叫喊，自投罗网又有谁为它叹息呢？一百文钱可以买一双，此时的味道真是新鲜最美好的。把它和鸡、鸭放在一起烹或煎，（锅里的）爪子错乱纷杂，谁知道把吃剩下的爪子扔到水里，它们会化为大蛤，那时水面上会不会招来一群乌鸦呢？

狄韶州煮蔓菁芦菔羹

[宋]苏 轼

简介

蔓菁芦菔羹，也称东坡羹，这是苏东坡创造一道素菜，在烹饪史上很有名气。本诗即写东坡羹得名的来历。

我昔在田间①，寒庖有珍烹②。
常支折脚鼎③，自煮花蔓菁④。
中年失此味⑤，想像如隔生⑥。
谁知南岳老⑦，解作东坡羹⑧。
中有芦菔根⑨，尚含晓露清⑩。
勿语贵公子⑪，从渠嗜膻腥⑫。

注释

① 在田间：在乡下，指出仕以前。
② 寒庖：贫寒的厨房。珍烹：珍贵菜肴，指东坡羹。
③ 折脚鼎：鼎有三足，此指折断了足的破旧的锅。
④ 蔓菁：即芜菁，俗称大头菜。
⑤ 中年：指做官以后。
⑥ 如隔生：如同上辈子的事。
⑦ 南岳老：指狄韶州。
⑧ 解：懂得。
⑨ 芦菔：萝卜。

⑩ 晓露：早晨的露水。

⑪ 勿语：不要告诉。

⑫ 从：听任。渠：他。膻腥：指牛羊肉和鱼类。

大意

我从前在乡下的时候，在贫寒的厨房里还烹调过美味。时常支起破旧的锅，亲自烹煮大头菜。中年当官以后，就吃不到这种美味了，想起来好像是上辈子的事。谁知道我一把年纪居然还懂得做东坡羹，其中的萝卜上还带着清晨的露水。不要把这道菜告诉给富贵公子，听任他们喜欢牛羊肉和鱼类吧！

玉糁羹

[宋]苏 轼

简介

诗前小序称："过子忽出新意，以山芋做玉糁羹，色香味皆奇绝。天上酥酡则不知，人间决无此味也。"从中可知苏轼的儿子苏过别出新意，用山芋做玉糁羹，色香味都奇绝，苏轼作此诗加以称赞。山芋，指生长在山中的芋艿，即芋头。

香似龙涎仍酽白[①]，
味如牛乳更全清[②]。
莫将南海金齑脍[③]，
轻比东坡玉糁羹[④]。

注释

① 龙涎：香名，抹香鲸病胃的一种分泌物。酽白：浓白，纯白。
② 味：味道。
③ 南海：指今广州。金齑脍：江南名菜，即金齑玉脍，切细的鲈鱼肉与切细的金橙皮拌和进食，自晋朝以来一直是贡品。
④ 轻：轻易。

大意

玉糁羹像龙涎那么香，颜色纯白，味道像牛奶，但比牛奶更清。不要把南海名菜金齑脍，轻易同东坡玉糁羹相提并论。

次韵钱穆父马上寄蒋颖叔二首（其一）

[宋]苏　轼

简介

这是一首朋友间唱和之诗，诗中提到的糟驼蹄是当时西北地区的名菜。

玉关不用一丸泥[①]，
自有长城鸟鼠西[②]。
剩与故人寻土物[③]，
腊糟红曲寄驼蹄[④]。

注释

① 玉关：玉门关，在今甘肃敦煌西北。一丸泥：《东观汉记·隗嚣载记》载，王元劝说隗嚣："元请以一丸泥为大王东封函谷关，此万世一时也。"比喻地势险要，用泥丸封塞，即可阻敌。诗中这句是说边塞很巩固，蒋之奇（字颖叔）到了那里，不必用泥丸封塞玉门关了。

② 鸟鼠：山名，即鸟鼠同穴山，在今甘肃渭源西。

③ 故人：老朋友。土物：土特产。

④ 腊糟：用酒或酒糟腌制的干肉。此指糟驼蹄。红曲：曲类的一种，用于食品加色、调味、防腐。驼蹄：骆驼的脚掌。

大意

玉门关不必用泥丸封塞，因为在西方，自有鸟鼠同穴山自然形成的防线。剩下的事就是给老朋友寻找些土特产，把糟驼蹄这种名菜寄送给他们。

猪肉颂

[宋]苏　轼

简介

这是苏轼被贬黄州时所作，后世的“东坡肉”即缘此而起，一直流传至今。

净洗铛，少著水，柴头罨烟焰不起，待他自熟，莫催他，火候足时他自美。黄州好猪肉[①]，价贱如泥土。贵者不肯吃，贫者不解煮[②]。早晨起来打两碗，饱得自家君莫管[③]。

注释

① 黄州：今湖北省内。

② 解：懂得。

③ 饱得自家君莫管：自己吃饱了您不要管我。反映了作者自得其乐的心情。

大意

把锅洗得干干净净，放少许水，燃上柴木、杂草，抑制火势，用不冒火苗的虚火来煨炖。等待它自己慢慢地熟，不要催它，火候足了，它自然会滋味极美。黄州有这样好的猪肉，价钱贱得像泥土一样。富贵人家不肯吃，贫困人家又不会煮。我早上起来打上两碗，自己吃饱了您莫要理会。

玉糁羊歌（节录）

[宋]刘　宰

简介

刘宰（1167—1240年），字平国，号漫塘病叟，镇江金坛（今属江苏常州）人 。绍熙元年（1190年）举进士。隐居三十年，于书无所不读。朝廷嘉其节，谥文清。著有《京口耆旧传》九卷、《漫塘文集》三十六卷。本篇中的玉糁羊，是一种保健食品，其做法已不可知，从歌中可以知道其主料大约有羊肉、萝卜、米屑，作料有桂、椒等。

华阳洞口玉糁羊①，
世人传得神人方②。
雪团入口桂椒香③，
能令老者寿而康④。

注释

① 华阳洞：指仙洞。玉糁羊：玉糁羊羹，东坡玉糁羹是用萝卜、大米煮成，这里又增加了羊肉。

② 神人方：仙人的烹调方法。

③ 雪团：指玉糁羊羹色白如雪。桂椒：指调料。

④ 寿而康：长寿健康。

大意

在华阳洞口烧的玉糁羊羹，世人传说是得自仙人的烹调方法。玉糁羊羹的色泽像雪团一样，入口有桂椒的香味，吃它能使老年人健康而长寿。

次韵羹苋

[宋]方　岳

简介

方岳（1199—1262年），字巨山，号秋崖，祁门（今属安徽）人。南宋诗人、词人。方岳于绍定五年（1232年）中进士。曾任知南康军、知袁州等职。方岳诗从江西诗派入手，后受杨万里、范成大影响，风格疏朗淡远，琢语清新，不作艰涩之辞，而喜组织故事成语作新巧对偶。其词慷慨豪壮，也有散文化及用经史语入词的倾向，词风近辛弃疾一派。著作有《山中》《秋崖小稿》等。本诗描写不同地位的人吃不同食物，旨在反对豪奢，提倡节俭。其中涉及“蒸乳豘”和“野苋羹”，对于后人了解古代烹饪文化有重要参考价值。

琉璃蒸乳压豘膏①，未抵斋厨格调高②。
脱粟饭香供野苋③，荷锄人饱捻霜毛④。
断无文伯可相累⑤，比似何曾无大毫⑥。
见说能医射工毒⑦，人间此物政骚骚⑧。

注释

① 琉璃：指精美的器皿。蒸乳压豘：即蒸乳猪。膏：油脂，此指肥美。
② 斋厨：素食厨房。格调：品味。
③ 脱粟：粗粮，糙米。野苋（xiàn）：野生的苋菜，此指用野苋作羹汤。
④ 荷锄人：扛着锄头的人，即农民，此暗指自己。
⑤ 文伯：文章宗伯，对知名作家的尊称。
⑥ 何曾：人名，晋朝阳夏人，曾任丞相、太傅等职，生活奢侈，每天

吃饭花掉万钱，还说“无下箸处”。

⑦ 射工：传说一种毒虫名。

⑧ 政：通正。骚骚：急迫的样子。

大意

琉璃盘中装着蒸乳猪，虽然特别肥美，（但我觉得）未必能赶上素食厨房的品位高。用糙米煮成的饭加上野生的苋菜散发着香气，吃饱以后我这个种田人捻着如霜鬓发（细细思量）。绝对不要被文章宗伯的虚名所牵累，不要把自己和日食万钱、生活奢侈的何曾相提并论。听说野苋能治射工毒，（我看）社会上急需寻求这种能治豪奢之毒的东西。

谢送乡味

[宋]方　岳

简介

本诗中反映了晋代的“肉糟淹”、宋代“糟烩鞭笋”，以及先秦时期的鱼和熊掌等美味佳肴，对了解古代烹饪饮食文化有参考价值。

晋人雅重肉糟淹[①]，
坡老尝思笋蕨甜[②]。
千亩胸中仍大嚼[③]，
鱼熊谁道古难兼[④]？

注释

① 雅重：一向重视。肉糟淹：用糟卤为主要调料腌肉，这是一种糟香浓郁，口味清爽的菜肴。《晋书·孔愉传》记载，王导劝孔群不要经常喝酒，天长日久，人的身心会像盖酒器的布一样烂掉。孔群说：“公不见肉糟淹更堪久邪？”

② 坡老：指苏轼。笋：竹笋。传说苏轼任杭州刺史时，将他的《笋经》传授给广元寺和尚，研制成“糟烩鞭笋”这种菜肴，流传到现在。蕨：蕨菜。

③ 千亩胸中：心胸宽大，暗指自己。大嚼：大吃。

④ 鱼熊：鱼和熊掌。兼：兼有。《孟子·告子上》：“鱼，我所欲也；熊掌，亦我所欲也。二者不可得兼，舍鱼而取熊掌者也。”意思是说，鱼是我所要得到的，熊掌也是我所要得到的，这两样东西如果不能都得到，就舍弃鱼而得熊掌。

大意

晋朝人曾一向重视肉糟淹的肥腴丰润，但苏东坡常赞颂竹笋和蕨菜的清甜淡雅。（而如今，您）送来的肉糟淹和竹笋、蕨菜等家乡菜我都吃到了，谁说鱼和熊掌从古以来就难以同时得到呢？

对食戏作

[宋]陆　游

简介

陆游（1125—1210年），字务观，号放翁，越州山阴（今浙江绍兴）人。南宋时期文学家、史学家、爱国诗人。尚书右丞陆佃之孙。曾任宁德县主簿、敕令所删定官、隆兴府通判、礼部郎中兼实录院检讨官、宝章阁待制等职。陆游一生笔耕不辍，诗词文俱有很高成就，其诗语言平易晓畅、章法整饬谨严，尤以饱含爱国热情对后世影响深远。陆游的《南唐书》“简核有法”，史评色彩鲜明，具有很高的史料价值。陆游著有《剑南诗稿》传世。本诗中提到馄饨这种食品，早在汉代就有了，到了唐宋时期更为普及。宋陈元靓在《岁时广记》记载：“京师人家，冬至多食馄饨，故有冬馄饨、年馎饦之说。”

春前腊后物华催①，
时伴儿曹把酒杯②。
蒸饼犹能十字裂③，
馄饨那得五般来④？

注释

① 腊：腊日，古代岁终祭祀百神之日。物华：自然景色。
② 儿曹：儿子们。
③ 蒸饼：馒头。十字裂：十字形裂纹，指馒头蒸得好。《晋书·何曾传》记载：“蒸饼上不坼作十字不食。”

④ 五般：五样，泛指各种各样。唐宋时期可以制作不同花样和馅料的馄饨，《清异录》记载了唐代韦巨源《烧尾食单》中的生进二十四节气馄饨，其“花形馅料各异，凡廿四种”。

大意

立春以前，腊日以后，旧去新来。这时，我会和孩子们一起举杯喝酒。馒头还能蒸出十字裂纹，馄饨哪能达到如此样式齐全的程度呢？

蔬食戏书

[宋]陆　游

简介

本诗描写用韭黄、猪肉做菜，用薏米做饭，味美异常，反映出浓郁的川菜风味。

新津韭黄天下无[①]，色如鹅黄三尺余[②]。
东门彘肉更奇绝[③]，肥美不减胡羊酥[④]。
贵珍讵敢杂常馔[⑤]，桂炊薏米圆比珠[⑥]。
还吴此味那复有[⑦]，日饭脱粟焚枯鱼[⑧]。
人生口腹何足道[⑨]，往往坐役七尺躯[⑩]。
膻荤从今一扫除[⑪]，夜煮白石笺阴符[⑫]。

注释

① 新津：县名，属今四川省。韭黄：经过软化栽培的韭菜。
② 鹅黄：比喻娇嫩的淡黄色。
③ 彘：猪。
④ 不减：不亚于。胡羊酥：指少数民族用羊乳做的酥酪。
⑤ 讵敢：哪里还敢。常馔：平常的饭食。
⑥ 桂：指桂花，丹桂。薏米：薏苡果实中的仁。
⑦ 还吴：回到吴地。吴：吴郡，今苏州，此处泛指江浙一带。
⑧ 日饭：每天吃饭。脱粟：粗粮，糙米。焚：烧。枯鱼：干鱼。
⑨ 何足道：哪值一谈。

⑩ 往往：常常。坐役：被役使。

⑪ 膻荤：指牛羊肉。

⑫ 煮白石：葛洪《神仙传·卷一·白石生》记载“常煮白石为粮，因就白石山居，时人号曰白石生。”这里用这一典故，是指道家修炼。笺：注释。阴符：书名，即《阴符经》，旧题黄帝撰。

大意

新津县的韭黄是天下绝无仅有的，颜色娇嫩淡黄，有三尺多长。东门的猪肉更加出奇绝妙，肥美的程度不亚于胡地的羊乳酥酪。这么珍贵的菜肴哪敢用平常的饭食相配呢？只能用丹桂薏米煮饭，饭粒圆的像珍珠一样。回到吴郡后，这种美味佳肴哪里还有呢？只能每天吃糙米饭，烧干鱼。但人生的口腹之欲哪值得一提，凡人常常是被七尺身躯所奴役。从今以后一律不吃牛羊一类的荤菜，（我要修身养性）在夜间煮白石，注释《阴符经》。

饭罢戏示邻曲

[宋]陆　游

简介

这首诗描绘了诗人赞叹自己下厨做的菜肴美味且精致，尤其是烧白鹅和煮锦雉羹格外令人赞叹。而箭茁（竹笋）脆甜入味，蕨芽嫩滑口感好，都能让人忍不住多吃几口。诗人在诗中也表达了自己平生对于“望天公浅”的遗憾，但如今在享受了这样的美食之后，只有感恩和满足。整首诗反映了作者在日常生活中为了追求美食而付出的努力，且乐于分享自己成果的喜悦。

今日山翁自治厨①，

嘉殽不似出贫居②。

白鹅炙美加椒后③，

锦雉羹香下豉初④。

箭茁脆甘欺雪菌⑤，

蕨芽珍嫩压春蔬⑥。

平生责望天公浅⑦，

扪腹便便已有余⑧。

注释

① 自治厨：自己下厨做菜。

② 嘉殽：即佳肴。出贫居：出自贫困人家。

③ 炙：烧烤。椒：作料。
④ 锦雉羹：用野鸡做的羹汤。豉：豆豉，用豆类发酵后制成的调味作料。
⑤ 箭茁：指刚露出尖的笋芽。雪菌：指白色的蘑菇。
⑥ 蕨芽：蕨菜嫩芽。
⑦ 责望：责求期望。浅：少。
⑧ 扪：抚摸。便便：肚子饱足的样子。

大意

今天我自己下厨做菜肴，所做的美味佳肴都不像是出自（我这种）贫困人家。白鹅炙烤后加上作料味道才鲜美，用野鸡炖的羹汤在初加豆豉时香气四溢。笋芽口感脆嫩甘甜胜过雪白的蘑菇，蕨菜的嫩芽异常珍贵且口感鲜嫩艳压春季的各种蔬菜。我这个人啊，有时候也责怪老天待我不厚，可是只要吃得饱饱的，摸一摸肚子，我马上就知足了。

蔬园杂咏五首（其四）

[宋]陆　游

简介

这首诗描绘的是一个阴暗的黄昏，雾气和小雨笼罩着衡茅，诗人与家人在这样的环境中准备家常酒食。诗人感到仿佛身处蜀地，眼前的一盘笼饼让他联想到豌豆做的豌巢，给他带来了亲切的家乡味道。整体上，这首诗通过简洁的语言，勾勒出一幅温馨的家庭生活画面，表达了诗人对家乡的眷恋和对朴素生活的满足。

昏昏雾雨暗衡茅①，
儿女随宜治酒殽②。
便觉此身如在蜀③，
一盘笼饼是豌巢④。

注释

① 衡茅：衡门茅屋，指房舍简陋。
② 随宜：随意。治：办，准备。
③ 蜀：蜀郡，今四川。
④ 笼饼：即馒头，唐人称之为“笼饼”。

大意

昏昏的雾雨笼罩着简陋的房舍，儿女们像往常一样准备着酒和菜。（看着儿女们的身影）我感觉自己仿佛置身于蜀郡，桌上一盘笼饼像是故乡那圆圆的豌巢馒头。

岁首书事

[宋]陆 游

简介

本诗描写了诗人一家除夕夜吃馄饨、立春日吃春盘的食俗，对后人了解古代烹饪饮食文化有一定参考价值。

扶持又度改年时①，耄齿侵寻敢自期②。
中夕祭余分馎饦③，黎明人起换钟馗④。
春盘未抹青丝菜⑤，寿斝先酬白发儿⑥。
闻道城中灯绝好⑦，出门无日叹吾衰⑧。

注释

① 扶持：扶助，照顾。改年：过年。

② 耄（mào）齿：指年老高龄。古代八九十岁称耄。侵寻：渐进，渐渐。

③ 中夕：半夜，此指除夕的半夜。馎饦：即汤饼、馄饨。陆游自注云："乡俗以夜分毕祭享，长幼其饭其余。又岁日必用汤饼，谓之冬馄饨，年馎饦。"

④ 钟馗：钟馗，道教俗神，专司打鬼驱邪。中国民间常挂钟馗神像辟邪除灾。

⑤ 春盘：古代在立春日，取生菜、果品、饼、糖等放在盘中吃，取迎新之意。陆游自注云："今年正月二日立春。"

⑥ 寿斝（jiǎ）：指祝贺的酒。斝：是古代先民用于温酒的酒器，也被用作礼器。白发儿：指长子。陆游已届"耄齿"，即八十多岁，他的长

子也有了白发。

⑦ 闻道：听说。灯：指节日彩灯。

⑧ 叹吾衰：感叹我年迈衰老。

大意

被亲人照顾着又到了过年的时候，八九十岁的年龄，还怎敢用不老来欺骗自己呢？到了半夜祭祀结束，我和家人们分着吃了馎饦，黎明时分人们都起来换上钟馗的画像。春盘中的青丝菜还没有吃，我接受了祝贺酒之后先酬答长了白发的长子。听说今年城中的节日彩灯特别好，可叹我这年迈衰老的身体已无法出门（观赏佳景）。

食野味包子戏作

[宋]陆　游

简介

这首诗以细腻的描绘和生动的比喻，展现了诗人对日常生活的热爱和对简朴美食的享受，通过与官场虚浮的对比，体现了陆游的平民情怀和生活智慧。

珍馐贫居少[①]，
寒云万里宽[②]。
叠双初中鹄[③]，
牢九已登盘[④]。
放箸摩便腹[⑤]，
呼童破小团[⑥]。
犹胜瀼西老[⑦]，
菜把仰园官[⑧]。

注释

① 珍饷：珍贵的食物。
② 寒云万里宽：描写季节寒冷。
③ 叠双：成对的飞禽。
④ 牢九：应为牢丸，即包子。登：丰，此处指盛满。
⑤ 放箸：放下筷子。摩：抚摸。便腹：形容腹部肥满，这里指吃饱了。

⑥ 小团：茶名，也称小龙团。
⑦ 犹胜：还胜过，还强过。瀼西：四川奉节瀼水西岸地。
⑧ 园官：管理园圃的小官。

大意

珍贵的食物，在贫困的家中是少有的，而此刻万里长空飘着无边的寒云。放箭射中了飞禽，制成的野味包子盛满盘子。吃完后放下筷子，抚摸着肥大的肚子，叫小童煮好小龙团。现在比住在瀼西时还强，吃食都仰仗着园官供给。

初食笋蕨（节录）

[宋]杨万里

简介

杨万里（1127—1206年），字廷秀，号诚斋，自号诚斋野客。吉州吉水（今江西吉水）人。南宋文学家、官员，与陆游、尤袤、范成大并称为南宋“中兴四大诗人”。绍兴二十四年（1154年）举进士，授赣州司户参军。历任国子监博士、漳州知州、吏部员外郎、秘书监等。杨万里的诗独具风格，形成对后世影响颇大的诚斋体。学江西诗派，后学陈师道之五律、王安石之七绝，又学晚唐诗。代表作有《竹枝词》《小池》《初入淮河四绝句》等，赋有《浯溪赋》《海鳅赋》等。今存诗4200余首。

这首诗以食材的珍贵程度来表达作者的感慨和思考。诗中提到了庖凤烹龙和猩唇熊掌，这些都是传说中非常珍贵的食材，但是作者却无缘品尝。然而，当他遇到笋蕨这样的山林食材时，他感受到了精神上的富足。

庖凤烹龙世浪传①，

猩唇熊掌我无缘②。

只逢笋蕨杯盘日③，

便是山林富贵天④。

注释

① 庖凤烹龙：两种豪奢珍贵的菜肴，后又传作“炮凤烹龙”。明人刘若愚在其作《酌中志》称：“所谓炮凤烹龙者，凤乃雄雉，龙则宰白马代之耳。”浪传：没有根据的传说。

② 猩唇：古代“八珍”之一。熊掌：熊的脚掌，古代八珍之一。

③ 笋：竹笋。蕨：蕨菜。

④ 富贵天：富贵的日子。

大意

庖凤、烹龙都是世间传说中的奇珍异食，猩唇、熊掌等珍贵菜肴与我更是无缘。但只要每天都有竹笋、蕨菜盛满盘子，就算是住在乡下，我也觉得富足。

吴春卿郎中饷腊猪肉戏作古句

[宋]杨万里

简介

本诗通过细腻的笔触，从形、色、味、质多方面对腊猪肉展开了极为形象的描述，是古今描写腊肉的压卷之作。作者借由此诗表达了对赠物之友的感激之情。

老夫畏热饭不能[①]，
先生馈肉香倾城[②]。
霜刀削下黄水精[③]，
月斧斫出红松明[④]。
君家猪红腊前作[⑤]，
是时雪后吴山脚[⑥]。
公子彭生初解缚[⑦]，
糟丘挽上凌烟阁[⑧]。
却将一脔配两螯[⑨]，
世间真有扬州鹤[⑩]。

注释

① 饭：吃饭。
② 馈：赠送。倾城：全城。
③ 霜刀：白亮的刀。黄水精：腊肉表层熏烤后形成的黄色结晶体。

④ 月斧：形似弯月的斧子。斫：砍。红松明：像红松一样的明显花纹。

⑤ 猪红：猪肉，此处指腊猪肉。腊（là）：腊月，阴历十二月。

⑥ 吴山：山名，在杭州西湖东南。

⑦ 公子彭生：春秋时期，齐国的公子彭生因涉嫌杀死鲁桓公，为维护齐鲁关系，在鲁国要求下，齐国杀死了公子彭生。后来，齐国君主去打猎，看见一只大野猪，侍从说："这是公子彭生。"诗中用这个典故代指猪。解缚：解开绑绳，此处指杀死。

⑧ 糟丘：酒糟堆成的山丘，此指酒。凌烟阁：封建朝廷为表彰功臣而建筑的高阁，上面画有功臣像。此处指将猪肉放在灶上用烟熏烤。

⑨ 一脔：一块肉。两螯：蟹的前两足，此处指螃蟹。

⑩ 扬州鹤：形容遂心如意的美事。

大意

老夫我怕热，近日来吃不下饭，先生您赠送的腊肉，香味飘满全城（令我食欲大开）。用磨得锃亮的刀削下腊肉表层的黄色结晶体，再用弯斧砍开，出现明显的红松花纹。您家的腊肉是腊月以前制作的，当时吴山脚下已白雪皑皑。（想必是）猪刚被宰杀，就被精心腌制，挂在高处，再用烟熏烤制。切下一块熏好的腊肉，再配上一只螃蟹，（吃完使人感到）世间真有这类遂心如意的美事。

初食淮白

[宋]杨万里

简介

本诗中提到“淮白”“银刀”等鱼类菜肴原料和调料“盐豉”、食品“羊酪”等，反映烹饪文化的内容十分丰富。

淮白须将淮水煮①，
江南水煮正相违。
霜吹柳叶落都尽，
鱼吃雪花方解肥②。
醉卧糟丘名不恶③，
下来盐豉味全非④。
饔人且莫供羊酪⑤，
更买银刀二尺围⑥。

注释

① 淮白：鱼名。
② 鱼吃雪花：指冬季下雪以后的鱼。方：才。
③ 糟丘：酒糟堆积成山，比喻沉溺于酒。
④ 盐豉：豆豉，以盐和豆制成，是古代的调味品。
⑤ 饔人：厨师。羊酪：用羊乳制成的食品。
⑥ 更：重新。银刀：淮白鱼，在此形容淮白鱼颜色银白，形似长刀。二尺围：长二尺。

大意

淮白这种鱼必须用淮河水煮，若用江南的水煮滋味就正好相反。降霜以后柳叶都落光了，鱼吃到雪花才变得更加肥美。（若有此等佳肴相伴）即使落得个贪杯之名也不算坏，（但是佐料不可以为豆豉，因为淮白若是）加上豆豉后味道就全都变了。厨师暂时不要准备羊酪来侍奉我了，另外去买二尺长的淮白鱼来烹调。

鲎 酱

[宋]杨万里

简介

鲎（hòu）是贝类水产烹饪原料，又称鲎鱼、马蹄蟹。取其脚肉做成酱称鲎酱。宋代的市场上就有鲎酱出售。本诗对鲎酱做了具体描写，形容它比鱼鲊、虾鲊更好。

忽有瓶罂至①，
卷将江海来②。
玄霜冻龟壳③，
红雾染珠胎④。
鱼鲊兼虾鲊⑤，
奴才更婢才⑥。
平章堪一饭⑦，
断送更三杯⑧。

注释

① 瓶罂：容器。
② 卷将江海来：指来自江海边上。古代广东、浙江沿海一带出产鲎酱。
③ 玄霜：仙药名，这里指鲎酱像玄霜的样子。冻：凝结。
④ 珠胎：比喻明珠在蚌壳中，此处指其颜色。
⑤ 鱼鲊：经过腌制便于贮藏的鱼类食品。兼：加上。虾鲊：经过腌制

便于贮藏的虾类食品。

⑥ 婢才：女奴。

⑦ 平章；品评，此处指品尝。堪：可以。

⑧ 断送：引诱。

大意

忽然有瓶罂送到，是来自江海边上。（瓶里的鲎酱）像玄霜一样凝结在龟壳里，外面是一层红雾，里面是白色的。鱼鲊加上虾鲊，都不能和鲎酱相提并论。品尝着它可以吃下一顿饭，又引诱人喝下三杯酒。

题张以道上舍寒绿轩（节录）

[宋]杨万里

简介

本篇是为张以道的寒绿轩题的诗，本意是称颂张以道的节俭生活，为了与达官贵人对照，诗中涉及庖凤烹龙、蒸羊、胹熊蹯、熬豹胎等名贵菜肴，对了解古代烹饪文化有参考价值。

菊芽伏土糁青粟①，杞笋傍根埋紫玉②。
雷声一夜雨一朝③，森然迸出如蕨苗④。
先生饥肠诗作梗⑤，小摘珍芳汲水井⑥。
风炉蟹眼候松声⑦，罛篱亲捞微带生⑧。
烂炊凋胡淅青精⑨，芼以天随寒绿萌⑩。
饥时作齑仍作虀⑪，饱后龙凤空庖烹⑫。
大官蒸羊压花片⑬，宰夫胹蹯削琼软⑭。
豹胎熬出祸胎来⑮，贵人有眼何曾见⑯！

注释

① 糁（sǎn）青粟：像粮食粒一样，此处指种子。
② 杞：枸杞。笋：指嫩苗。紫玉：箫笛的代称。
③ 雨：下雨。一朝：一个早上。
④ 蕨：蕨菜。
⑤ 作梗：干扰，妨碍。

⑥ 珍芳：指菊芽和枸杞苗。

⑦ 蟹眼：蟹的眼睛，形容水初沸时所泛起的小气泡。

⑧ 罛篱：即笊篱，带孔的炊具，捞饭菜时能把汤水漏掉。

⑨ 凋胡：即雕胡，菰米，可食。淅：淘，此指浸泡。青精：青精饭，用南烛这种植物枝叶的汁浸米、蒸饭晒干，成青绿色。

⑩ 芼：采摘。天随：听任自然，此处指自然生长。

⑪ 齑：切细的腌菜或酱菜。羹：本指带汁的肉，此处指菜汤。

⑫ 龙凤空庖烹：即庖凤烹龙，指珍美的菜肴。空：白白烹调，吃不下去。

⑬ 压花糕：制作花糕。

⑭ 胹（ér）：煮。蹯：指熊掌。《左传》记载，"宰夫胹熊蹯不熟"，晋灵公就杀死了他，可见这种菜肴在春秋时期就有了。琼：美玉，此指味美。

⑮ 豹胎：一种珍贵的菜肴。祸胎：祸根，灾祸。

⑯ 贵人：达官贵人。

大意

菊芽像粮食种子一样埋在土里，枸杞的嫩芽像箫笛一样埋在根旁，经过一夜雷声，下了一个早上的雨以后，都齐刷刷地钻出土来，像蕨菜苗一样。先生饥肠辘辘无法作诗，摘一些菊芽、枸杞芽，取来井水，拉起风箱把水烧得冒出气泡，要等到大沸时，用笊篱把还略微有点生的菊芽、枸杞芽捞出来，再用锅中的水浸泡菰米然后煮烂，采择的菊芽和枸杞芽，自然萌发出青绿色。饥饿时可以用来作腌菜，又可以用来作青精羹，吃饱以后，即使是庖龙烹凤也吃不下。达官贵人家蒸羊肉、做花糕，厨师煮的熊掌味美质软。如此奢靡，殊不知豹胎熬成，祸胎也随之到来，这些达官贵人何曾有这种远见呢！

小饮俎豆颇备江西淮浙之品戏题

[宋]杨万里

简介

本诗中涉及“鲎酱”“蒸玉面狸”“烹黄雀”等山珍海味，对研究古代烹饪饮食文化有一定参考价值。

满盘山海眩芳珍①，
未借前筹已咽津②。
鲎酱子鱼总佳客③，
玉狸黄雀是乡人④。

注释

① 眩：目眩，使人眼花缭乱。芳珍：芳香珍贵的菜肴。

② 前筹：座前的筷子，此处指动筷品尝。咽津：咽下口水，此处指菜肴馋人。

③ 鲎（hòu）：贝类水产烹饪原料，又称鲎鱼、马蹄蟹，取其肉脚作成酱，称鲎酱。子鱼：即鲻鱼，因色黑而得名，又误称为子鱼。佳客：比喻非本地产的贵重菜肴。

④ 玉狸：即玉面狸，古代有蒸玉面狸这种菜肴。黄雀：古代用黄雀做的菜肴较多，如烹黄雀、黄雀鲊等。《茶余客话》中说：“鼎俎家蒸玉面狸与烹黄雀，必先以蜜涂之。虽沸渫而其膏不走，固之道也。”乡人：比喻家乡的常见菜。

大意

山珍海味盛满盘，让人眼花缭乱，还来动筷品尝，我就已经馋得咽口水。鲎酱、鲻鱼都是产自外地的珍贵菜肴，蒸玉面狸和烹黄雀是家乡的常见菜。

郡中送春盘

[宋]杨万里

简介

春盘，古代在立春这一天，把蔬菜、果品、饼、糖等食物放在盘中，互相馈赠，取迎新之意，称为春盘。这种食俗，不仅在民间有，官府中也有。《武林旧事》记载道："后苑办造春盘供进，及分赐贵邸宰臣巨珰，翠缕红丝，金鸡玉燕，备极精巧，每盘直万钱。"本诗所描写的春盘是"郡中"所赠，具有社交礼仪和表达祝福的功能，形象生动地反映了这种食俗文化。

饼如茧纸不可风①，菜如缥茸劣可缝②
韭芽卷黄苣舒紫③，芦菔削冰寒脱齿④。
卧沙压玉割红香⑤，部署五珍访诗肠⑥。
野人未见新历日⑦，忽得春盘还太息⑧。
新年五十柰老何⑨，霜须看镜几许多⑩。
曲生嗔人不解事⑪，且为春盘作春醉⑫。

注释

① 茧纸：用茧丝制作的纸。不可风：禁不住风吹，形容饼特别薄。
② 缥茸：刺绣用的细线，形容菜切得特别细。
③ 韭芽卷黄：即韭黄，冬季培育的韭菜，颜色浅黄，叶嫩味美。苣：莴苣，蔬菜名。
④ 芦菔：萝卜。寒脱齿：把牙齿都冻掉了，形容特别凉。

⑤ 卧沙压玉割红香：春盘内所盛之菜，各地都有所不同，因而很难确指是那些菜，大约是形容春盘内各色菜的搭配既美丽又讲究。

⑥ 部署：布置。五珍：五种珍贵的菜肴。诗肠：诗情，此指诗人。

⑦ 野人：乡下人，杨万里自指。历日：历书上的日期。

⑧ 太息：感叹。

⑨ 柰老何：对衰老能怎么样呢。柰：通“奈”，奈何。

⑩ 几许：有多少。

⑪ 曲生：人名，曲实则有酒曲之意。嗔人：嗔怪他人。此句可延伸理解为，诗人因品尝春盘而触发酒兴，但又不可饮酒，心有怨懑。

⑫ 为：意为。

大意

饼薄如同茧纸，禁不住风吹，菜丝细得如同刺绣的线，可以缝补破旧的衣服。韭菜芽的浅黄嫩叶还卷曲着，莴苣已经舒张开了紫色的茎叶，萝卜切后像冰一样凉，能冰掉人的牙齿。春盘内各种颜色的菜搭配得既美丽又讲究，布置多种珍贵菜肴来牵动诗意。我这个乡下人未经历过此等节日风俗，忽然得到春盘还在叹息。新的一年我已经五十岁了，面对衰老能怎么办呢？对着镜子看着白胡子长了多少。曲生嗔怪人不懂事，暂且借春盘之兴，沉醉在春日的欢愉之中。

素羹

[宋]范成大

简介

范成大（1126—1193年），字至能，一字幼元，早年自号此山居士，晚号石湖居士。汉族，平江府吴县（今江苏苏州）人。南宋时期官员、文学家、书法家。绍兴二十四年（1154年）中进士，曾任著作佐郎、吏部郎官、广西西道安抚使、四川制置使、参知政事、资政殿大学士等职。今有《石湖集》《揽辔录》《吴船录》《吴郡志》《桂海虞衡志》等著作传世。今人整理有《范石湖集》。

毡芋凝酥敌少城①，
土薯割玉胜南京②。
合和二物归藜糁③，
新法侬家骨董羹④。

注释

① 毡芋：芋头。少城：成都西城。

② 土薯：本地出产的甘薯。南京：宋代称应天府（今河南商丘）为南京。

③ 合和：调和。藜糁：用藜草嫩叶和米煮成的羹汤。

④ 侬家：我家。骨董羹：又称“和气羹”“贺年羹”，是指取鱼肉蔬菜等杂混烹制而成的羹。

大意

这里的芋头像凝结的酪酥一样，可以与成都西城的芋头相媲美，本地出产的甘薯切开后像割开的美玉一样，胜过南京的甘薯。把这两种菜调和好以后，放入藜草嫩叶和米煮成的羹汤中，这是我家用新法做成的骨董羹。

蛤蜊

[宋]孔武仲

简介

孔武仲（1042—1097年），字常父，今峡江县罗田镇西江村人，嘉祐八年（1063年）登进士甲科第六，任谷城主簿、国子司业、礼部侍郎、宝文阁待制。著有《书说》13卷、《诗说》20卷、《论语说》10卷、《金华讲义》13卷、《孔氏奏议》3卷、《芍药园序》及《孔氏杂说》等。这首诗描绘了诗人对过去生活的怀念以及当前简单快乐生活的情趣。通过对比和反思，展现了诗人面对生活变化时的豁达心态，以及他对于简单快乐生活的珍视和享受。

去年曾赋蛤蜊篇，
旅馆霜高月正圆。
旧舍朋从今好在①，
新时节物故依然②。
栖身未厌泥沙稳③，
爽口还充鼎俎鲜④。
适意四方无不可⑤，
若思鲈脍未应贤⑥。

注释

① 旧舍朋从：往日旅馆的那些好友。好在：问候语，无恙，好吗。

② 节物故依然：只有季节依然、蛤蜊依然。这两句诗表达了诗人见物思旧友的情感。

③ 栖身未厌泥沙稳：蛤蜊栖息在泥沙中稳而不厌。

④ 爽口还充鼎俎鲜：吃时却无泥沙非常爽滑鲜美。俎（zǔ），古代割肉类用的砧板或解释为盛牛羊的器皿。

⑤ 适意四方无不可：四方人士都能品尝它。

⑥ 鲈：鲈鱼。鲙：同脍，切细的鱼肉。未应贤：未必好。这句诗的意思是如果想吃鲈鱼脍，这蛤蜊汤未免逊色。

大意

去年我曾写过有关蛤蜊的诗篇，当时我住在旅馆中，正值霜降时节，月亮正圆。往日旅馆的那些好友现在还好吗？现在只有季节、蛤蜊依旧。蛤蜊稳稳地栖身在泥沙中不感到厌倦，经过烹调后，吃起来还很爽口鲜美。四方人士都可品尝它，如果想吃鲈鱼脍，这蛤蜊汤就未免逊色了。

湖州歌（节录）

[宋]汪元量

简介

汪元量（1241—1317年），字大有，号水云，自号水云子、楚狂、江南倦客，钱塘（今浙江杭州）人。宋末元初诗人、词人、宫廷琴师。宋度宗时，以善琴供奉掖庭。宋朝灭亡以后，随宫人来到燕地，后来返回钱塘，自号水云子，著有《水云集》《湖山类稿》，词集《水云词》。

本诗慷慨悲歌，发出故国离黍之叹，充满了爱国主义情感。其中涉及“鱼羹”“驼峰炙”等菜肴。

其三十三

不堪回首泪盈盈[①]，
万里淮河听雨声。
莫问萍齑并豆粥[②]，
且餐麦饭与鱼羹[③]。

其四十七

丝雨绵云五月寒[④]，
淮堧遗老笑儒冠[⑤]。
行军元帅亲相探[⑥]，
折送驼峰炙一盘[⑦]。

注释

① 回首：回顾。

② 荠齑（jì）：即韭荠齑，韭根、麦苗杂捣成的菜。豆粥：米、豆煮成的粥。这里是指高级的菜饭。

③ 鱼羹：古代的鱼羹很多，有鲤鱼羹、鲫鱼羹、鲫鱼肚儿羹、斑鱼羹等。

④ 绵云：云彩像棉花一样。

⑤ 淮堧（ruán）：淮河岸边。遗老：前朝遗民。

⑥ 相探：看望我。

⑦ 驼峰炙：古代的珍贵菜肴。《酉阳杂俎·酒食》载："将军曲良翰能为驴马朘驼峰炙。"可见这种菜肴在唐代就有了。

大意

满眼泪水，往事不堪回首，在万里淮河上听风雨声。石崇家的韭荠齑和豆粥那样高级的菜饭连问都不能问了，暂且去吃麦饭与鱼羹吧。

雨绵绵不绝地下，云彩像棉花一样，五月的天依然还很冷，淮河边上的前朝遗民嘲笑我那似燕人的读书人装束。行军元帅来探望我，送来一盘驼峰炙。

西　湖

[宋]方恒泰

简介

方恒泰，生平事迹不详。其诗作《西湖》中提及的五柳居，是杭州西湖的饭馆。南宋年间，杭州钱塘门外有一家小食店，店主是从开封逃难来的一位女性厨师，人称宋五嫂。她做的鱼羹，是汴京的正宗风味。后来宋高宗也派人买此鱼羹入宫中品尝，“一经御尝，人争赴之”，宋五嫂生意兴隆，遂成巨富。诗中所赞颂的五柳居醋鱼，有人认为就是当年的宋嫂鱼羹。也有人说今日杭州的赛蟹羹才是当年的宋嫂鱼羹。

小泊湖边五柳居①，
当筵举网得鲜鱼②。
味酸最爱银刀脍③，
河鲤洛鲂总不如④。

注释

① 泊：停船。五柳居：杭州西湖边的饭馆名。
② 筵：筵席。
③ 银刀：指鱼。脍：切细的鱼肉。
④ 河鲤：黄河的鲤鱼。洛鲂：洛水的鲂鱼。

大意

船在西湖边上稍稍停留，我到五柳居去吃饭，在筵席开始时才举网捕鲜鱼，制成的醋鱼脍是我的最爱，黄河的鲤鱼、洛水的鲂鱼全都不如它。

牛 酥

[元]程 文

简介

程文（1289—1359年），徽州婺源人，字以文。事父母以孝闻。家贫勤苦自励。通六经诸子学，为文明洁精深。初为怀孟教授，调编修官，历监察御史，弹劾不避权贵。仕至礼部员外郎。著有《黟南生集》。本诗描绘了牛酥的制作过程，反映了元朝时期北方的食俗，从中可以看出中国古代的烹饪文化是由多民族人民共同创造的。

中酥真异品[①]，
牛乳细烹熬[②]。
坚滑黄凝蜡[③]，
冲融白泻膏[④]。
研春茶碗腻[⑤]，
照夜佛灯高[⑥]。
买取江南去，
诚堪慰老饕[⑦]。

注释

① 中酥：指酥酪。异品：风味特殊的食品。
② 烹熬：烹调熬制。
③ 凝蜡：像蜡坨一样凝固。

④ 冲融：用开水冲化。泻：流淌。
⑤ 研：磨碎。
⑥ 佛灯：佛像前的灯。
⑦ 诚：确实。堪慰：可以得到满足。老饕（tāo）：贪吃，此指贪吃的人。

大意

酥酪真是风味特殊的食品，它是用牛乳细加烹调细心熬制而成的。它的质地又硬又滑，凝结成黄色，像蜡坨一样，用开水冲化的时候还流淌着白色的膏浆。研磨碎了冲奶茶，茶碗都沾上酥酪的脂迹，夜间用这酥油点灯，可以高高地照在佛像前。如果买来带到江南去，确实可以使贪吃的人大饱口福。

上京十咏（其三）

黄羊

[元]许有壬

简介

许有壬（1287—1364年），元代文学家，字可用，彰德汤阴（今河南汤阴）人。延祐二年（1315年）进士及第，曾任集贤大学士、枢密副使、中书左丞兼太子左谕德。著有《至正集》《圭塘小稿》等。这首诗描绘了秋季草原丰美，黄羊肥壮的景象。以黄羊为载体，既展示了草原生活的生动画面，又蕴含了诗人对于生命和自然的深沉思考。

草美秋先腯①，

沙平夜不藏②。

解绦文豹健③，

脔炙宰夫忙④。

有肉须共世，

无魂亦似獐⑤。

少年非好杀，

假尔试穿杨⑥。

注释

① 腯：肥。

② 沙：沙漠。

③ 解绦：解开绳子。文豹：像豹一样的花纹。文：同纹。

④ 脔：切成肉块，此指宰杀。炙：烧烤。

⑤ 獐：野兽名。

⑥ 假尔：通过你。穿杨：善射者能射穿杨柳树叶，此指百步穿杨的箭法。

大意

秋天的草原丰美，黄羊因食物丰富而长得肥硕。夜晚沙地平坦，黄羊无所遁形。猎人们解开绳子，准备捕捉黄羊，动作矫健有力，黄羊有豹子一样的花纹，长得很健壮。屠夫们正忙碌着，把黄羊切成肉块，然后烧烤。黄羊的肉应当供世人享用，它呆傻无魂的样子就像獐子一样。这些猎人年轻时或许出于好奇或习性而好猎，但并非天生喜好杀戮，只是借此机会练习百步穿杨的箭法。

玉山草堂雅集又题

[元]杨维桢

简介

杨维桢（1296—1370年），桢又作禎，字廉夫，号铁崖，又号铁笛道人、抱遗叟、老铁贞、梅花道人等，浙江会稽（今浙江绍兴）人。青年时代勤学苦读，元泰定四年（1327年）中进士，署天台尹，后官建德路总管府推官。元末擢江西儒学提举，未及上任，适逢反元兵乱，遂避居富春山，后徙钱塘（今浙江杭州），晚年寓居松江。明洪武二年（1369年）召至南京，纂修礼乐书，不久辞归，抵家卒。性狷直，多才艺，诗风奇诡，号“铁崖体”，为元代诗坛巨匠。善书法，风格拗强苍劲，自成一种特别风貌。

这首诗描绘了玉山草堂内的一次雅集场景，充满了浓厚的文化氛围和生活情趣。作者以细腻的笔触，展现了宴饮时的美食佳肴，如银丝莼菜与野鸭炙、西杨庄的金粟瓜，以及山间云气变幻莫测，仿佛能幻化为虎，溪边白色的石头仿佛可以变成白羊，体现了自然与人文的和谐共存。

我常被酒玉山堂①，风物于人引兴长②。
银丝莼荐野鸭炙③，金粟瓜取西杨庄④。
山头云气或成虎⑤，溪上仙人多讶羊⑥。
何处行春柘枝鼓⑦，阆州竹枝歌女郎⑧。

注释

① 被酒：醉酒。玉山堂：顾仲瑛的书房名。

② 风物：风光景物。兴：兴致。

③ 银丝莼：即莼菜羹。荐：进，献。野鸭炙：烤野鸭。

④ 金粟瓜：瓜名。

⑤ 成虎：变幻成老虎形状。

⑥ 讶羊：《神仙传》云，在黄初平十五岁时，家里让他去放羊。有个道士把他带进山洞里，住了四十多年，他也不想回家。他哥哥黄初起去寻找他，看见了道士，道士把黄初起带到山上，黄初起与弟弟谈完话，问羊在哪里。黄初平与黄初起到了山的东边，看见了很多白色石头，就吆喝一声，白石头聚集起来变成了几万头羊。

⑦ 行春：汉朝时期，太守在春季巡行所管郡县，督促耕作，叫做行春。柘枝鼓：指柘枝舞，古时曲调有柘枝曲，两个小女孩藏在莲花瓣形的道具中，按柘枝曲的曲调队舞。后来曲调失传，柘枝舞仍流行。到了宋代已发展为多人队舞。

⑧ 阆州：州名，在今四川北部。竹枝歌女郎：唱竹枝词的年轻女子。

大意

我常常在玉山堂喝醉酒，因为那里的风光景物会引起人浓厚的兴致。莼菜羹再加上进献的烤野鸭，金粟瓜是从西杨庄取来的。山间的云雾变幻莫测，有时仿佛能幻化为猛虎，溪边的白色石头或许有一天会变成白羊出现让人惊讶。何处传来柘枝鼓的声响，原来是是阆州年轻女子在歌唱竹枝词呢。

滦京杂咏（其二）

[元]杨允孚

简介

杨允孚，生卒年不详，元代诗人，字和吉，江西吉水人。著有《滦京杂咏》共含一百零八首绝句，每首无标题，统称杂咏，所描写的元代避暑行幸的掌故，许多史诗并未记载。这里所选的内容反映了北方食俗和皇帝赐宴的情况，与元代的烹饪饮食文化相关。

营盘风软净无沙①，乳饼羊酥当啜茶②。
底事燕支山下女③，生平马上惯琵琶④。
内人调膳侍君王⑤，玉仗平明出建章⑥。
宰辅乍临阊阖表⑦，小臣传旨赐汤羊⑧。

注释

① 营盘：地名。风软：风轻。
② 乳饼：乳制食品名。羊酥：羊乳制成的酥酪。啜茶：饮茶.
③ 燕支山：山名。
④ 琵琶：乐器名。
⑤ 内人：宫中的人，此指宫内的厨师。作者自注云："御前常膳有四小厨房、大厨房。小厨房则内人八珍之奉是也。大厨房则宣徽所掌汤羊是也。由内及外，外膳既毕，群臣始入奏事。每汤羊一膳具数十六，餐余必赐左右大臣，日以为常。"调膳：烹调膳食。
⑥ 玉仗：即御仗，皇帝的仪仗，此指皇帝。建章：建章宫，泛指皇宫。
⑦ 乍临：刚刚来到。阊阖：阊阖门，宫门。表：外。

⑧ 汤羊：元朝的宫廷菜肴名。作者自注称“每汤羊一膳具数十六”。

大意

营盘这地方风轻，没有飞沙，人们把乳饼、羊酥酪当作饮茶时的茶点。到底是燕支山下的女子，天生擅长在马上弹奏琵琶。宫内的厨师烹调膳食侍奉皇帝，皇帝天亮时就出了皇宫，宰辅大臣们刚到皇宫门外，太监传旨赏赐给他们汤羊宴。

海　蜇

[元]谢宗可

简介

谢宗可，元朝金陵（今江苏南京）人，生平事迹不详，有《咏物诗》一卷。

层涛拥沫缀虾行①，水母含秋孕地灵②。
海气冻凝红玉脆③，天风赛结紫云腥④。
霞衣退色冰涎滑⑤，琼缕烹香酒力醒⑥。
应是楚江萍实老⑦，误随潮信落沧溟⑧。

注释

① 层涛拥沫缀虾行：层层波涛过后的泡沫中海蜇跟随着虾前行。缀，本意是连的意思，这里指跟随。

② 水母含秋孕地灵：海蜇有一股金秋地灵之气。水母：即海蜇。

③ 红玉脆：海蜇外皮是淡红色的，这里指海蜇脆。

④ 紫云腥：还有海蜇是紫色的，这里指海蜇有腥味。这两句诗的意思是：天寒地冷，但海蜇反而脆且有腥味。

⑤ 霞衣退色冰涎滑：褪尽表皮一层有色外衣，就露出冰雪般滑溜溜的内层。

⑥ 琼缕烹香：切成丝烹调出香味。琼：古代常用天气用语，指日旁带状的云气美玉，此指美好。

⑦ 楚江萍实老：传说楚昭王渡江，得浮萍的果实，去问孔子。孔子说可以剖开吃，是吉祥的征兆。

⑧ 潮信：潮水涨落有定时，故称潮信，此指潮水。沧溟：大海。

大意

层层波涛过后的泡沫中海蜇跟随着虾前行，海蜇有一股金秋地灵之气。海水冻凝过后海蜇如红玉一般，风吹过，天寒地冷，像紫色云霞般的海蜇发出腥味还变得更脆。褪尽表层有色外衣，露出冰雪般滑溜溜的内层，切成丝，烹调出香味，成了下酒好菜。大概是楚昭王得到的浮萍果实已老了，不经意间随着潮水的涨落，落入茫茫大海之中。

鲥 鱼

[明]何景明

简介

何景明（1483—1521年）明代文学家，字仲默，号白坡，又号大复山人，河南信阳人。弘治十五年（1502年）中进士，授中书舍人，官至陕西提学副使。与李梦阳齐称文坛领袖。著有《大复集》。

这首诗通过咏鲥鱼，讽刺君王重口体之养而劳民伤财，重宦官小人而忘祖宗远君子。诗以颔联为中坚，首联写鲥鱼被帝王看重，颈联写营运时情况，尾联抒发感叹，都为鲥鱼入宫后赐宦官而不及荐祖庙而铺设。全诗咏鲥鱼，但不是一般的咏物，而是重在讽刺，对比之中深含讽刺，讽刺中寓对比，相互照应。

五月鲥鱼已至燕[1]，荔枝卢橘未应先[2]。
赐鲜徧及中珰第[3]，荐熟谁开寝庙筵[4]。
白日风尘驰驿骑[5]，炎天冰雪护江船[6]。
银鳞细骨堪怜汝[7]，玉筯金盘敢望傳[8]？

注释

① 燕：指北京，明成祖永乐十九年（1421年），自南京迁都于此。

② 卢橘：《文选》注为枇杷。《本草纲目》李时珍注为金橘。此应指枇杷。先：抢先。

③ 鲜：时鲜食品。及：到。中珰（dāng）：宦官。珰，冠饰。第：宅第，府第。

④ 荐：无牲而祭曰荐，指时鲜祭品。开：设，此指主持。寝庙：即宗

庙，前为庙，后为寝。筵：筵席。

⑤ 驰：奔驰。

⑥ 江船：江中之船，这里指送鱼的船。

⑦ 堪怜：十分惹人喜爱。汝：这里指鲥鱼。

⑧ 玉筯（zhù）金盘：代指皇帝的赏赐。筯，同箸。敢：岂敢。望：盼望。傳：通传，指颁赐，赏赐。

大意

五月的鲥鱼已经从江南运到北京，荔枝、卢橘都也未能抢先。皇帝将时鲜食品赏赐给宫廷中每一个宦官之家，时鲜祭品已熟谁来主持筵席以祭祀宗庙呢？尽管是满天风沙，送鲥鱼的驿骑仍日夜奔驰。在炎热的暑天，江上送鱼的船里就用冰雪护着鱼，以保持其鲜味。鲥鱼那银鳞细骨十分惹人喜爱，我又岂敢盼望得到皇帝的赏赐。

立春日赐百官春饼

[明]申时行

简介

申时行（1535—1614年），字汝默，号瑶泉，晚号休休居士，明代诗人。苏州府长洲（今江苏苏州）人。嘉靖四十一年（1562年）中进士第一，曾任修撰、吏部右侍郎、礼部尚书兼文渊阁大学士等职。有诗文集《赐闲堂集》。这首诗词描绘了立春这一重要节气，以及皇帝赏赐百官春饼的场景。

紫宸朝罢听传餐①，玉饵琼肴出大官②。
斋日未成三爵礼③，早春先试五辛盘④。
回风入仗旌旗暖⑤，融雪当筵匕箸寒⑥。
调鼎十年空伴食⑦，君恩一饭报犹难⑧。

注释

① 紫宸：紫宸殿，皇帝接见群臣、外国使者朝觐庆贺的内朝正殿。

② 玉饵琼肴：形容馔肴珍贵精美。大官：太官令，宫廷掌饮食之官。

③ 斋日：斋戒的日子，古代祭祀前需整洁身心，以示虔敬，叫做斋。三爵礼：《左传》记载："臣侍君宴，过三爵，非礼也。"此指陪侍皇帝饮酒。

④ 早春：春初，此指立春日。五辛盘：源于汉代立春日生食菜蔬习俗，此指春盘。

⑤ 回风：旋风，此指春风。仗：仪仗。

⑥ 筵：筵席。

⑦ 调鼎：商王武丁用傅说为相，希望他治理国家，如调鼎中之味，使之协调。诗中用这一典故，指宰相职务。

⑧ 君恩一饭：赏赐一顿饭所体现的皇恩。

大意

正殿朝贺完毕，听说皇帝要赏赐饭食，珍贵精美的饭菜出自太官令。斋戒日还没有陪侍饮宴，立春日皇帝先赏赐了佳肴。春风吹入仪仗，旌旗都已回暖，雪化时赴宴，匙和筷子还有些寒意。当了十年宰相，没有建树，白白享受了恩惠，君王之恩，尤难报答。

乡物十咏·陶堰艾糕

[清]吴寿昌

简介

吴寿昌，字泰交，号蓉塘，浙江山阴（今浙江绍兴）人，乾隆年间进士，曾任翰林院侍讲，性格耿直，不附权贵，淡泊仕宦。一生著述甚丰，尤工于山水咏物诗，有《虚白斋稿》。这首诗是《乡物十咏》组诗中的一首，咏绍兴特产——艾糕，这是一种加艾叶制成的糕饼，属古代山阴的特产。

芳色味三绝[①]，真教题字难[②]。
都梁霏作糁[③]，碧玉杵为团[④]。
合付柔肠饫[⑤]，尤于冷胃安[⑥]。
重阳虚此品[⑦]，次第荐春盘[⑧]。

注释

① 绝：奇绝，绝妙。
② 题字：用文字表述。
③ 都梁：香的别名，此指有香气的艾叶。糁：饭粒。
④ 杵为团：捣成团。杵：名词作动词用，捣。
⑤ 合付：适合。饫（yù）：饱。
⑥ 冷胃：感到胃凉。安：指舒服。
⑦ 重阳：重阳节，农历九月九日为重阳节，在这天有吃糕的习俗。虚：空，无。

⑧ 次第：转眼间。荐：献，进。春盘：古代习俗，立春这天用蔬菜、水果、饼饵等装盘，馈送亲友，叫做春盘。

大意

陶堰艾糕的香气、色泽、味道堪称三绝，真让人难以用文字表达。把艾叶纷纷撒到饭里，捣成绿色的糕团。正当饿时能充饥，尤其可以使胃感到凉意而舒服。可惜重阳节没有这种食品，把它装入春盘中馈赠亲友也是上好的。

无　题

[明]董其昌

简介

董其昌（1555—1636年），字玄宰，号思白、香光居士，松江华亭（今上海）人。明朝后期大臣、书画家。万历十七年（1589年），考中进士，授翰林院编修。一度担任皇长子朱常洛的讲官。历任湖广提学副使、福建提学副使、河南参政，后因病辞仕。颇能诗文，著有《画禅室随笔》《容台文集》等。

主人之刀利如锋，
主母之手轻且松①。
薄薄批来如纸同，
轻轻装来无二重。
忽然窗下起微风，
飘飘吹入九霄中。
急忙使人追其踪，
已过巫山十二峰②。

注释

① 主母：主妇。
② 巫山十二峰：形容高远。

大意

主人的菜刀锐利得像剑锋，主妇的手很轻巧。（他们）切的肉片像纸一样薄，轻轻装到盘子里没有重叠的。忽然窗外刮起一阵小风，肉片被吹起，飘飘然似进入云霄中。急忙派人去追赶，那肉片已经飘过巫山十二峰了。

千里脯诗

[明]韩　奕

简介

此诗出自韩奕撰写的《易牙遗意》，介绍了制作肉脯的歌诀，同文人诗相比，它更朴实，便于师徒传授烹饪技法时记忆，更切实用，不可轻视。脯，是干肉。

不问猪羊与太牢[①]，
一斤切作十来条[②]。
一斛淡醋二醲酒[③]，
茴香花椒末分毫[④]。
白盐四钱同搅拌[⑤]，
腌过一宿慢火熬[⑥]。
酒尽醋干穿晒却[⑦]，
味甘休道孔闻韶[⑧]。

注释

① 太牢：古代帝王、诸侯祭祀社稷时，牛、羊、豕三牲全备为“太牢”，此单指牛。

② 切作：切成。

③ 斛：古代容器名，十斗为一斛，此处并非实指，醋与酒大致是1：2的比例。

④ 茴香：香味调料。花椒末：花椒粉，麻味调料。分毫：指少量。

⑤ 钱：重量单位，十钱为一两。

⑥ 腌：浸泡。

⑦ 却：完成。

⑧ 味甘休道孔闻韶：《论语·述而》："子在齐闻'韶'，三月不知肉味，曰：'不图为乐之至于斯也'"。这里引用孔子的这个故事是说明"千里脯"的味道甘美，使孔子闻"韶"乐而仍知肉味。韶：古代乐曲名，相传是虞舜时的作品。

大意

制作肉脯时无论用猪肉、羊肉还是牛肉，都是每斤切成十来条。一杯淡醋加两杯白酒，再加上少量的茴香和花椒粉。把四钱白盐同肉条一起搅拌，腌过一宿以后再用慢火煮。煮到酒尽醋干的时候，把肉条穿上晾晒，品尝一口，那甘美的滋味，比孔子听到韶乐还美好。

顾 厨

[明]林时益

简介

林时益（1618—1678年），本姓朱，名议霶，字确斋，江西南昌人，明末文学家，“易堂九子”之一，著有《冠石诗集》五卷、《确斋文集》存于世。

本诗前有序言记述：他曾在曾畹家饮酒，命姓顾的厨师做菜肴，曾畹对菜肴的口味唠叨不休，顾厨师说：“应当清淡罢了。”第二年他又到曾畹家，可是顾厨师已经逝去几个月了，他就写了这首诗。由此可见，本诗是为悼念顾厨师而作的。

清脱常怀立语时[1]，
顾厨死后爨谁知[2]？
肥鱼大肉盈盘是[3]，
独进宽汤雪笋丝[4]。

注释

① 清脱：清淡。立语：极短的时间，此指语言精练。
② 爨（cuàn）：灶，此指烹调。
③ 盈盘：满盘。
④ 宽汤雪笋丝：菜肴名，把竹笋切成细丝做的羹汤。

大意

时常怀念他说“羹汤应该清淡”时的简练话语，顾厨死后谁还懂得烹调的真谛呢？满盘子都是肥鱼肥肉，唯独顾厨能做出宽汤雪笋丝这种清淡鲜美的菜肴。

醋搂鱼

[清]陶元藻

简介

陶元藻，字篁村，清代会稽（今浙江绍兴）人，生平事迹不详。清朝康熙年间（1662—1722年），杭州西湖旁五柳居的烹饪技术尤佳，游杭州的人以吃到醋搂鱼自夸，到了乾隆年间（1736—1796年），由于厨师技术不佳，醋搂鱼已失去原来风味，袁枚在《随园食单》中称其“徒有虚名”。本诗大意为对这种情况的不理解，赞颂宋五嫂创造的宋嫂鱼羹，说它已成传统风味，不宜妄加评论。

泼刺初闻柳岸旁①，
客楼已罢老饕尝②。
如何宋嫂当垆后③，
犹论鱼羹味短长④？

注释

① 泼刺：象声词。

② 老饕（tāo）：贪吃的人。尝：品尝。

③ 宋嫂：即宋五嫂，是南宋著名的女厨师。她从开封逃难到杭州，在钱塘门外开饭馆，她制作的鱼羹被称为宋嫂鱼羹。

④ 味短长：味道的好坏。

大意

当初在柳岸旁听到鱼落网时发出的“泼剌”声，客楼上那些贪馋的人已经品尝完了醋搂鱼。怎么宋五嫂主厨以后，还有人议论鱼羹味道的好坏呢？

参考文献

[1] 缪钺，霍松林，周振甫，等．宋诗鉴赏辞典[M]．上海：上海辞书出版社，1986.

[2] 孙静斋．精选古代烹饪诗赋[M]．沈阳：辽宁人民出版社，1995.

[3] 诗经[M]．王秀梅，译注．北京：中华书局，2015.

[4] 刘俞廷．诗词中的美食[M]．北京：中国旅游出版社，2022.

学习笔记

学习笔记